UFO 신비로운 사건들

하늘에서 내려온 신들의 수수께끼
UFO 신비로운 사건들

미홀 지음

다온길

프롤로그

밤하늘에 남은 흔적

밤하늘은 언제나 인간에게 두려움과 경이로움을 동시에 안겨 주었다. 별빛은 신들의 눈빛처럼 반짝였고 하늘을 가르는 불빛은 신의 전령처럼 보였다. 그러나 고대의 신전과 돌벽 위에 새겨진 흔적들은 단순한 믿음으로만 설명하기 어려운 기묘한 모습들을 담고 있었다. 날개 없는 수레가 하늘을 나는 장면, 인간과 닮았으나 낯선 얼굴의 존재, 그리고 사막 위에 새겨진 하늘에서만 볼 수 있는 거대한 그림이 그것이었다. 이 모든 것은 상상일까, 아니면 실제로 우리 곁을 스친 방문자의 흔적일까.

세월이 흘러도 피라미드와 스핑크스는 침묵 속에 서 있고, 나스카의 선들은 하늘에서 바라보아야만 그 전모를 드러낸다. 인도의 고대 문헌에는 하늘을 나는 수레 비마나가 기록되어 있고,

마야와 아즈텍은 별과 행성을 꿰뚫어 본 지식을 남겼다. 수메르의 점토판에는 아눈나키라 불린 존재들의 발자취가 새겨져 있으며, 성서와 중세의 기록 속에는 불타는 수레와 기묘한 원반이 등장한다. 서로 다른 시대와 다른 땅에서 남겨진 흔적들이 하나의 수수께끼로 이어지고 있다.

만약 이 모든 전설과 기록이 단순한 상상이 아니라면, 고대의 신들은 사실 하늘에서 내려온 손님이었을지도 모른다. 그들이 남긴 흔적은 단순한 신비가 아니라 의도된 메시지일 수 있다. 그렇다면 과연 그들은 어디에서 왔으며, 어쩌면 지금도 우리 곁에서 지켜보고 있는 것은 아닐까.

미홀

일러두기

이 책에 담긴 내용은 실제 사건과 전설, 그리고 미스터리한 기록에서 영감을 받아 탄생한 창작물입니다. 여기서 다루는 사건, 장소, 인물은 현실과 다를 수 있으며, 모든 단서는 당신의 상상 속에서 완성됩니다. 페이지를 넘기는 순간, 현실과 허구의 경계가 흐려지고, 당신은 이미 '제로 미스터리' 속으로 들어서게 될 것입니다.

차례

프롤로그 _ 밤하늘에 남은 흔적　　　　　　　　　　　　　　　　4

1장
피라미드와 하늘에서 온 신들

01 고대 이집트인들이 남긴 하늘의 기록　　　　　　　　　　11
02 모래 위에 세워진 거대한 기념물　　　　　　　　　　　　17
03 신들이 내려온 벤벤석 전설　　　　　　　　　　　　　　22
04 고대 벽화 속 UFO 모양의 상징　　　　　　　　　　　　27
05 스핑크스에 숨겨진 별자리 비밀　　　　　　　　　　　　32
06 외계의 힘으로 지어진 흔적일까　　　　　　　　　　　　37
07 파라오 무덤에 남은 기묘한 흔적　　　　　　　　　　　　41
08 여전히 풀리지 않는 피라미드의 수수께끼　　　　　　　　46

2장
인도의 고대 비행선 비마나

01 고대 문헌에 기록된 하늘의 비행선　　　　　　　　　　　53
02 신들이 타고 다닌 불가사의한 수레　　　　　　　　　　　58
03 무기처럼 쓰였다는 하늘의 빛　　　　　　　　　　　　　63
04 신들의 전쟁 외계 무기의 흔적일까　　　　　　　　　　　68
05 우주선을 닮은 기묘한 묘사　　　　　　　　　　　　　　73
06 신전 속에 새겨진 비밀의 상징　　　　　　　　　　　　　78
07 하늘을 나는 수레를 찾으려는 탐사　　　　　　　　　　　83
08 오늘날까지 남아 있는 전설 속 비마나　　　　　　　　　88

3장
나스카 지상화의 미스터리

01 끝없이 펼쳐진 사막 위 거대한 선	95
02 새, 원숭이 그리고 알 수 없는 형상	100
03 하늘에서만 볼 수 있는 신비한 그림	105
04 외계인을 불러들이는 활주로 가설	109
05 고대인의 별과 태양을 담은 그림일까	114
06 탐험가들이 남긴 놀라운 증언	119
07 해답보다 더 깊어진 수수께끼	123
08 지금도 풀리지 않는 나스카의 비밀	127

4장
마야와 아즈텍의 하늘 신들

01 피라미드 꼭대기에 새겨진 신의 얼굴	133
02 하늘에서 내려온 깃털 달린 뱀 신	138
03 돌 벽화에 새겨진 우주복 같은 형상	143
04 별과 행성을 꿰뚫은 신비한 계산	147
05 외계에서 전해진 지식이라는 전설	153
06 신들이 남긴 흔적을 좇는 사람들	158
07 오늘날에도 이어지는 하늘 신의 이야기	162
08 끝내 풀리지 않는 고대 문명의 비밀	166

5장
수메르인과 아눈나키 전설

01 인류 최초 문명에 남은 기록	173
02 하늘에서 내려온 존재들의 이야기	178
03 인류를 지배했다는 신들의 전설	183
04 점토판에 새겨진 기묘한 별자리	188
05 고대인이 남긴 하늘 전쟁의 흔적	193
06 신비로운 유물에 담긴 아눈나키의 그림자	197
07 외계인과 인간이 만난 순간이라는 주장	202
08 지금도 살아 있는 아눈나키의 전설	206

6장
성서와 중세 기록 속 UFO

01 에제키엘이 본 불타는 수레	213
02 구약에 기록된 하늘에서 내려온 빛	218
03 중세 그림에 등장한 기묘한 원반	223
04 교회 문서 속 신비로운 하늘의 불빛	228
05 기사들이 목격한 하늘의 행렬	233
06 종교적 기적일까 외계인의 방문일까	238
07 믿음과 미스터리 사이에 남은 흔적	244
08 지금도 이어지는 성서 속 UFO의 수수께끼	250

1장

피라미드와 하늘에서 온 신들

01
고대 이집트인들이 남긴 하늘의 기록

끝없는 모래 바람이 불어오는 이집트의 사막 위에 거대한 피라미드가 고요히 서 있다. 그 돌 하나하나에는 세월의 무게가 스며 있고, 눈으로는 다 볼 수 없는 수수께끼가 숨겨져 있다. 학자들은 수천 년 동안 이 기념물이 단순한 왕의 무덤인지 아니면 그 이상인지를 두고 논쟁해왔다. 그러나 이집트인들이 남긴 기록과 벽화를 들여다보면 단순한 무덤이라고만 보기엔 너무나 기묘한 흔적들이 드러난다. 벽화 속에는 하늘에서 내려오는 빛줄기와 그것을 맞이하는 사람들의 모습이 새겨져 있고, 피라미드 안쪽 벽에는 정체 모를 비행체 같은 형상이 그려져 있다. 이것은 단순한 장식일까 아니면 하늘에서 내려온 손님을 그린 기록일까.

카이로 외곽의 한 작은 발굴 현장에서 고대 벽화를 살펴보던 연구원들이 흥미로운 장면을 발견했을 때 이야기는 더 선명해졌다. 한 사람은 손가락으로 벽화의 일부를 가리키며 동료에게 물었다.

"저걸 봐. 저건 분명히 하늘에서 내려오는 뭔가를 표현한 것 같지 않아?"

동료는 눈을 가늘게 뜨며 대답했다.

"빛줄기처럼 보이지만 단순히 태양을 상징한 걸 수도 있어. 하지만 저 둥근 형상은 뭔가 이상해. 태양이라면 이렇게 선명하게 원판처럼 그리진 않았을 텐데."

그들의 목소리는 흥분과 의심이 섞여 있었고, 벽화 앞에서 오래도록 발길을 떼지 못했다.

실제로 고대 이집트인들은 태양신 라를 숭배했지만, 태양의 형상은 보통 상징적이고 추상적으로 묘사되었다. 그런데 어떤 벽화에는 분명히 원판 모양의 물체가 그려져 있었고, 그 밑으로는 빛줄기 같은 선들이 길게 내려와 사람들을 감싸는 모습이 남아 있었다. 이런 그림이 단순한 신화적 상징일 수도 있지만, 동시에 하늘에서 내려온 방문자에 대한 기억을 형상화한 것일지도 모른다. 신전의 벽에 새겨진 제사 장면에서도 제사장의 머리 위로 기묘한 구체가 떠 있는 듯한 묘사가 발견되었다. 마치 제사 의식에 맞추어 하늘의 손님들이 내려온 것처럼 보이기도 했다.

"만약 저게 진짜라면, 피라미드 자체가 하늘에서 내려온 존재들과 관련된 건축물일지도 몰라."

발굴 현장에 있던 한 연구원이 조용히 내뱉었다. 그의 말에 다른 이가 웃음을 지으며 대꾸했다.

"그럼 파라오가 외계인하고 협력해서 피라미드를 세웠단 말이야? 그건 너무 황당하잖아."

하지만 농담처럼 던진 말 속에도 어쩌면 진실의 파편이 들어 있을지 모른다는 생각이 스쳐갔다. 왜냐하면 피라미드의 정밀한 구조와 별자리 정렬은 당시의 기술로는 이해하기 어려울 정도였기 때문이다.

피라미드의 각 면은 정밀하게 네 방향에 맞추어져 있고, 오리온자리의 별들과 놀라울 정도로 정확히 일치한다. 단순한 무덤이라면 이렇게까지 별자리와 연결할 이유가 없었을 것이다. 피라미드 내부의 통로는 단순히 왕의 안식처로 쓰였다기보다 하늘과 소통하기 위한 통로처럼 느껴진다. 좁고 긴 복도가 특정한 별들을 향하고 있다는 사실은, 이 건축물이 단순히 지상만을 위한 것이 아니라 하늘을 향해 설계되었음을 암시한다. 이집트인들은 신을 숭배하며 동시에 하늘을 바라봤고, 어쩌면 그 하늘에서 실제로 무언가를 본 적이 있었는지도 모른다.

그들의 기록 속에는 하늘에서 내려온 존재들을 '신'이라고 불렀지만, 그것이 꼭 종교적 신만을 의미한다고 단정할 수는 없다.

만약 신이란 우리가 이해할 수 없는 존재를 부르는 이름이라면, 고대인들이 본 건 외계인이 아니었을까."

한 연구원의 말에 주변이 잠시 조용해졌다. 모두가 속으로는 같은 생각을 하고 있었지만, 입 밖으로 내뱉기엔 두려웠던 것이다. 신과 외계인, 이 두 단어는 서로 다른 세계를 가리키지만, 고대 벽화 속에는 분명히 하늘에서 내려온 존재가 남아 있었다.

시간이 흐르며 학자들은 피라미드의 기능을 무덤으로 규정했지만, 여전히 풀리지 않는 흔적은 남아 있다. 파라오의 무덤으로 쓰였다고 하지만, 실제로는 빈 방이 많고 미라가 발견되지 않은 피라미드도 적지 않았다. 마치 본래의 목적이 숨겨져 있는 것처럼 느껴진다. 어떤 방은 정교한 돌로 봉인되어 아직도 열리지 않았는데, 그 안에 무엇이 있는지는 아무도 알지 못한다. 혹시 그 안에 고대 이집트인들이 '신'이라 불렀던 존재와 관련된 비밀이 숨겨져 있는 건 아닐까.

"언젠가 저 방을 열 수 있다면, 우리가 찾는 해답도 그 안에 있을지 몰라."

발굴 현장에서 젊은 연구원이 속삭였다. 그의 눈빛에는 두려움과 동시에 설렘이 담겨 있었다. 동료는 고개를 끄덕이며 말했다.

"맞아. 하지만 그 해답이 우리가 감당할 수 없는 진실일 수도 있지."

그들의 대화는 사막의 바람에 흩어져 사라졌지만, 묘한 울림을 남겼다. 그 울림은 지금도 피라미드를 바라보는 사람들의 마음속에서 계속 이어지고 있다.

피라미드는 단순한 돌무더기가 아니다. 그것은 하늘과 인간을 잇는 다리였고, 고대인들이 남긴 하늘의 기록이었다. 그 기록 속에는 아직 밝혀지지 않은 수많은 수수께끼가 숨겨져 있다. 피라미드가 왜 지어졌는지, 어떤 목적을 가졌는지, 그 진실은 여전히 봉인된 채로 남아 있다. 그리고 언젠가 그 봉인이 풀린다면, 인류는 자신들이 하늘의 손님과 얼마나 가까웠는지를 알게 될지도 모른다.

②

모래 위에 세워진 거대한 기념물

사막 한가운데 서 있는 피라미드는 태양빛에 반사되어 황금빛처럼 빛난다. 모래바람은 쉼 없이 불어와 그 거대한 구조물의 일부를 덮었다가 또 드러낸다. 수천 년 전 만들어졌음에도 그 모습은 여전히 당당하며 위엄을 풍긴다. 돌 하나하나는 엄청난 무게를 자랑하는데, 이런 거대한 구조물이 어떻게 고대의 손으로 세워졌는지는 지금도 미스터리다. 사람들은 수많은 노예들이 돌을 옮겨 세웠다고 설명하지만, 눈앞의 건축물을 바라보면 그 설명만으로는 부족하다. 인간의 힘만으로는 설명하기 어려운 정밀함이 곳곳에 숨어 있다.

발굴 현장에서 한 연구원이 커다란 돌을 손바닥으로 두드리며 말했다.

"이걸 봐. 틈이 거의 없어. 종이 한 장도 들어가지 않을 정도야."

다른 연구원이 몸을 굽혀 틈새를 살펴보더니 고개를 저었다.

"현대 장비로도 이렇게 맞추기 힘들어. 수천 년 전에 어떻게 이런 기술을 썼을까."

그들의 대화는 단순한 의문 같았지만, 사실은 고대 문명이 가진 비밀을 향한 호기심의 고백이었다. 돌들이 마치 한 덩어리처럼 이어져 있는 벽 앞에서, 인간이 만든 것인지 아니면 더 큰 힘이 개입한 것인지 생각하지 않을 수 없었다.

피라미드의 건축 방식에 대한 가설은 수없이 많다. 거대한 경사로를 세워 돌을 끌어올렸다는 설, 지렛대 원리를 이용했다는 설, 물을 부어 미끄러지게 했다는 설까지. 하지만 이런 설명으로는 피라미드가 가진 완벽한 대칭성과 정밀도를 온전히 설명하기 어렵다. 특히 기초 부분은 거의 완벽하게 직각을 이루고 있으며, 네 면은 정북·정남·정동·정서와 거의 일치한다. 이는 고도의 측량 지식 없이는 불가능하다. 이집트인들이 별을 기준으로 설계했다는 말은 있지만, 그 정확성은 현대 과학자들조차 놀라게 한다. 마치 하늘에서 내려온 누군가가 그들에게 방법을 알려준 듯하다.

"만약 정말 외부에서 온 누군가가 관여했다면 어떨까."

젊은 연구원이 작은 목소리로 물었다. 동료가 미소 지으며 답했다.

"고대인들은 신이라고 불렀지만, 우리가 지금 말하는 외계인일 수도 있겠지. 피라미드 자체가 그 흔적일지도 몰라."

순간, 그들의 시선은 동시에 피라미드 꼭대기를 향했다. 태양빛이 정점에 부딪혀 반짝이던 그 모습은, 마치 신호를 보내는 안테나처럼 보이기도 했다.

밤이 되면 피라미드는 더욱 신비로운 얼굴을 드러낸다. 사막의 별빛이 쏟아지는 가운데, 피라미드의 방향은 오리온자리와 정확히 일치한다. 고대인들이 단순히 우연히 이렇게 설계했다고 말하기는 어렵다. 통로와 방의 각도까지 별의 위치와 맞닿아 있으니, 이는 분명 의도된 설계다.

"저 별들을 보라구. 정확히 저 위치야. 도대체 어떻게 알았을까."

한 연구원이 하늘을 가리키며 놀라움 섞인 목소리를 냈다. 다른 이는 망원경을 조정하다가 말했다.

"우리가 알 수 없는 방식으로, 별과 땅을 동시에 이해한 거야. 아니면, 누군가가 알려줬거나."

그 말은 바람처럼 사막을 가로질러 퍼져나갔다.

피라미드의 내부를 살펴보면 미스터리는 더 깊어진다. 좁고 긴 통로가 하늘을 향해 뻗어 있고, 아직까지 열리지 않은 봉인된 방도 존재한다. 그 방 안에는 무엇이 있을까. 미라조차 발견되지 않은 피라미드가 있다는 사실은, 이 건축물이 단순한 무덤이 아니라는 가능성을 더욱 높인다.

"아직 밝혀지지 않은 진실이 저 안에 있는 건 아닐까."

한 연구원의 말에 모두가 고개를 끄덕였다. 하지만 동시에 누군가는 조용히 속삭였다.

"그 진실이 우리가 감당할 수 없는 것일 수도 있지."

피라미드는 모래 위에 세워진 단순한 건축물이 아니다. 그것은 인류가 이해할 수 없는 기술과 지식이 담긴 신비의 산물이다. 사막 위에 묵묵히 서서 수천 년의 시간을 견뎌내고 있는 이 거대한 기념물은, 오늘날에도 여전히 우리에게 묻고 있다. 왜 세워졌는가. 누구를 위해 만들어졌는가. 그리고 그곳에 진짜로 하늘에서 내려온 존재들의 흔적이 남아 있는 것은 아닐까.

03

신들이 내려온 벤벤석 전설

 이집트의 전설 속에는 '벤벤석'이라 불리는 신비로운 돌이 등장한다. 태초의 혼돈 속에서 하늘의 신이 처음 내려온 지점을 상징하는 돌로, 태양의 빛과 우주의 질서를 연결하는 신성한 물건으로 여겨졌다. 고대의 기록에 따르면 신들은 벤벤석 위에 내려와 인간에게 지혜를 전해주었다고 한다. 벤벤석은 단순한 신화적 상징일 수도 있지만, 이집트인들은 실제로 피라미드 내부에 그 모양을 재현하려 했으며, 일부 사원에서는 뾰족한 돌을 금빛으로 덮어 태양빛을 반사시키기도 했다. 사막의 태양 아래에서 빛나던 그 돌은 사람들에게 신이 하늘에서 내려왔음을 보여주는 증거로 받아들여졌다.

 고대 기록을 연구하던 학자들은 한 가지 흥미로운 사실을 발견했다. 벤벤석의 모양이 오늘날 우리가 떠올리는 '비행체'와 닮아 있다는 점이다. 날카롭게 뾰족한 위쪽과 넓은 받침대는 마치 하늘에서 내려온 우주선을 상징하는 것처럼 보였다.

"이 모양을 봐. 단순히 종교적 상징이라고 하기엔 너무 구체적이지 않아?"

한 연구원이 고개를 갸웃거리며 말했다. 옆에 있던 동료는 조심스레 손가락으로 도면을 짚으며 대답했다.

"맞아. 특히 이 부분, 하늘에서 내려오는 움직임을 상징한다고 설명하지만 실제 착륙 장면처럼 보이지 않아?"

두 사람의 대화는 주변에 있던 이들의 시선을 모았고, 모두의 마음속에는 같은 의문이 싹텄다.

피라미드와 사원의 꼭대기에는 종종 벤벤석의 모양을 본뜬 돌조각이 있었다. 그 돌은 태양빛을 받아 반짝이며 마치 하늘로 신

호를 보내는 듯한 역할을 했다. 고대 이집트인들은 이 돌을 통해 신과 소통할 수 있다고 믿었고, 제사장은 그 앞에서 기도를 올리며 하늘의 답을 기다렸다. 그러나 혹자는 이 모든 것이 단순한 종교적 행위가 아니라 실제로 하늘에서 내려온 무언가를 맞이하는 준비였을지도 모른다고 말한다. 신의 수레가 내려올 자리를 벤벤석으로 표시해둔 것이라는 해석이다.

밤이 되면 벤벤석은 달빛과 별빛을 받아 또 다른 빛을 내뿜는 듯 보였다고 한다. 고대 문헌에는 신들이 그 빛을 따라 지상으로 내려왔다는 기록이 남아 있다.

"별빛과 함께 내려온 신이라… 혹시 외계에서 온 존재들을 그렇게 표현한 게 아닐까."

한 연구원이 낮은 목소리로 말했다. 동료가 곧장 받아쳤다.

"신이라는 말 대신 외계인이라고 하면 전혀 다르게 들리지. 하지만 본질은 같아. 그들은 하늘에서 내려온 방문자였던 거야."

두 사람은 잠시 서로를 바라보며 씁쓸하게 웃었다. 신이라는 이름으로 불리든, 외계인이라는 이름으로 불리든, 중요한 건 고대인들이 분명히 무언가를 경험했다는 사실이었다.

고대 사제들은 벤벤석을 태양의 힘과 연결해 해석했지만, 다른 해석에 따르면 그것은 하늘에서 내려온 '착륙지점'을 의미했다. 피라미드 꼭대기나 신전 중앙에 놓인 돌은 단순히 제사 도구가 아니라, 하늘의 존재가 내려올 길잡이였다는 주장이다.

"만약 그렇다면, 피라미드 자체가 거대한 착륙장 같은 의미를 가진 거네."

한 젊은 연구원이 말했다. 그러자 나이 든 동료가 고개를 끄덕이며 중얼거렸다.

"그래서 이집트인들은 그 위에 신들이 내려왔다고 믿었던 거지. 하지만 신들은 인간의 눈에 외계인이었을지도 몰라."

사막의 바람은 그들의 대화를 삼켜버렸지만, 벤벤석은 여전히 제자리를 지키고 있었다.

사실 벤벤석은 단순히 신화 속 이야기만은 아니었다. 카이로의 박물관에는 실제로 발견된 작은 벤벤석이 전시되어 있다. 흑요석 같은 광택을 지닌 돌은 꼭대기가 뾰족하게 다듬어져 있고,

옆면에는 태양과 별을 상징하는 문양이 새겨져 있다. 그 문양은 마치 하늘에서 내려온 비행체의 궤적을 기록한 것처럼 보인다. 관람객들은 유리 진열장 너머의 그 돌을 바라보며 속으로 묻는다. 이 돌이 단순한 제사의 상징인지, 아니면 정말 하늘의 손님이 다녀간 증거인지.

이집트인들에게 벤벤석은 신의 강림을 상징하는 돌이었다. 그러나 지금 우리에게는 그것이 외계인의 착륙을 기록한 단서로도 읽힌다. 고대의 제사장은 하늘을 향해 두 팔을 벌리고 기도했지만, 어쩌면 그는 하늘에서 내려오는 빛나는 비행체를 보고 있었던 것일지도 모른다. 사람들의 믿음과 상상, 그리고 실제 경험이 겹쳐져 오늘날까지 이어진 전설이 된 것이다.

오늘날에도 벤벤석은 신비의 상징으로 남아 있다. 그 모양은 오벨리스크나 피라미드의 꼭대기에 반복적으로 등장하며, 이집트 문명뿐 아니라 다른 고대 문명에서도 유사한 구조물이 발견된다. 이는 단순한 우연일까, 아니면 고대인들이 동일한 존재와 접촉했다는 증거일까. 사막 위에 여전히 서 있는 피라미드를 바라보면, 그 안에 담긴 수수께끼는 단순히 돌의 문제가 아니라 하늘의 방문자와 연결된 이야기임을 실감하게 된다.

04
고대 벽화 속 UFO 모양의 상징

이집트의 사원과 무덤 벽에는 수천 년 전의 삶과 믿음을 기록한 그림이 빼곡히 새겨져 있다. 제사를 올리는 사람들, 파라오의 위엄, 신들의 상징이 정교하게 표현되어 있다. 그런데 그 벽화들 속에는 설명하기 어려운 형상들이 종종 나타난다. 둥근 원반, 길게 뻗은 빛줄기, 하늘을 가로지르는 듯한 물체들이 바로 그것이다. 태양이나 달을 표현했다고 주장하기도 하지만, 세밀하게 보면 현대인이 말하는 UFO와 놀라울 정도로 닮아 있다. 이 형상들은 단순한 장식이 아니라, 고대인들이 실제로 본 무언가를 기록한 흔적일지도 모른다.

카르나크 신전의 벽화를 살펴보던 연구원들이 멈춰 서서 이야기를 나누던 순간이 있었다. 한 연구원이 벽에 새겨진 둥근 형상을 손으로 짚으며 말했다.

"이걸 봐. 단순한 해와 달이라기엔 너무 독특하지 않아?"

옆의 동료가 고개를 끄덕이며 덧붙였다.

"맞아. 특히 이 부분, 원반에서 직선으로 뻗어나가는 선들이 마치 빛줄기 같아. 태양광이라면 이렇게 표현하지 않았을 텐데."

두 사람의 목소리에는 흥분과 놀라움이 섞여 있었다. 그들의 눈앞에 있는 그림은 단순한 상징이 아니라, 고대인들이 경험한 하늘의 수수께끼를 담고 있는 듯했다.

벽화 속에는 파라오가 신 앞에 서 있는 장면이 흔히 등장한다. 그런데 어떤 장면에서는 파라오 위로 둥근 물체가 떠 있고, 그 물체에서 내려오는 선이 파라오의 머리나 손을 감싸고 있었다. 마치 파라오가 하늘에서 내려온 존재와 직접 교류하는 모습처럼 보였다.

"여기 이 장면을 보라구. 파라오 머리 위에 원판이 떠 있고, 그 밑으로 내려온 빛줄기가 그를 감싸고 있어. 이건 단순히 종교적인 상징일까?"

연구원의 말에 다른 이는 잠시 고민하다가 대답했다.

"혹시 신들이라고 불린 존재들이 실제로 하늘에서 내려왔던 건 아닐까. 그래서 이렇게 남겼을 수도 있잖아."

고대의 사람들은 자신들이 이해할 수 없는 현상을 그림과 기호로 남겼다. 천둥과 번개를 신의 분노라 여겼듯, 하늘에서 내려오는 빛을 신의 강림으로 표현했을 수도 있다. 하지만 그림을 자세히 보면, 빛줄기의 각도와 방향, 원반의 세밀한 표현은 단순한 상징 이상의 의도를 보여준다. 원반은 완벽한 원형으로, 가장자리는 굵게 강조되어 있고 내부에는 기묘한 문양이 새겨져 있다. 이는 태양이나 달의 단순한 묘사와는 다르다. 오히려 현대의 관점에서 보면 하늘을 나는 비행체의 모습을 연상시키기에 충분하다.

"만약 이게 실제로 하늘에서 본 걸 그린 거라면, 그 당시 사람들은 얼마나 놀랐을까."

한 연구원의 말에 옆의 동료가 웃으며 대답했다.

"아마 신이 내려왔다고 외쳤겠지. 하지만 우리 눈에는 외계인이 타고 온 비행선처럼 보이네."

그 말에 모두가 고개를 끄덕였다. 고대인들은 이해할 수 없는 존재를 '신'이라 불렀고, 그 신의 모습은 오늘날 우리가 UFO라 부르는 것과 닮아 있었다.

룩소르 신전에서도 비슷한 그림이 발견된다. 하늘을 가로지르는 원형 물체, 그 아래에서 내려오는 광선, 그리고 그것을 향해 손을 든 사람들의 모습. 제사 의식의 한 장면일 수도 있지만, 보는 사람들로 하여금 외계 방문자를 떠올리게 한다. 어떤 학자는 이 그림을 태양광선의 의인화라고 설명했지만, 다른 이는 '태양광이라면 이렇게 동그랗고 정밀하게 표현했을 리 없다'라며 반박했다. 그토록 세밀하게 묘사된 원형은 당시 사람들이 실제로 본 비행체의 기억을 옮겨놓은 것일지도 모른다.

고대의 벽화는 신화와 현실의 경계 위에 서 있다. 신들의 세계를 표현한 것 같지만, 동시에 인간이 직접 목격한 하늘의 수수께끼를 기록했을 가능성이 크다. 만약 그렇다면, 벽화 속 UFO 모양의 상징은 단순한 종교적 장식이 아니라 실제 경험을 바탕으로 한 기록이다. 사막의 돌 벽 위에 남겨진 그 흔적들은 오늘날에도 여전히 신비로움을 간직하고 있다.

이집트의 사원 벽에 새겨진 그림은 수천 년 전 사람들의 삶과 믿음을 보여주는 동시에, 우리에게 질문을 던진다. 하늘에서 내려온 존재들은 누구였는가. 왜 그들의 모습은 오늘날 우리가 UFO라고 부르는 형상과 닮아 있는가. 고대의 신들이 실제로 외계에서 온 방문자라면, 이 벽화는 그 만남의 증거가 아닐까. 사막 위에 여전히 서 있는 벽화는 지금도 침묵 속에서 우리를 바라보며, 그 해답을 찾으라고 속삭이고 있는 듯하다.

05
스핑크스에 숨겨진 별자리 비밀

 사막의 모래바람 속에서 스핑크스는 수천 년 동안 묵묵히 자리를 지켜왔다. 사자의 몸과 인간의 얼굴을 가진 거대한 석상은 피라미드와 함께 이집트 문명의 상징으로 자리 잡았다. 하지만 그 모습 뒤에는 아직도 풀리지 않은 수수께끼가 숨겨져 있다. 스핑크스가 어떤 목적을 위해 세워졌는지, 그리고 무엇을 향해 눈을 두고 있는지에 대한 해답은 명확히 밝혀지지 않았다. 많은 학자들은 스핑크스가 단순히 파라오의 권위를 드러내기 위해 세워졌다고 말하지만, 별자리와의 정렬을 고려하면 이야기는 달라진다. 거대한 석상이 하늘과 맞닿아 있는 듯한 배치 속에는 놀라운 의도가 숨어 있는 듯하다.

 카이로 외곽의 현장에서 연구원들이 스핑크스를 둘러보며 대화를 나누고 있었다. 한 연구원이 석상의 시선을 가리키며 말했다.

"보이지? 스핑크스의 눈은 저 멀리 지평선을 향하고 있어. 단순히 장식이라면 왜 하늘의 특정 지점을 향하게 했을까."

다른 연구원이 고개를 끄덕이며 대답했다.

"특히 기원전 시대로 거슬러 올라가 계산해보면, 그 시선은 정확히 특정 별자리를 가리킨다는 분석이 있어. 단순한 우연이라고 하기엔 너무 정밀하지 않아?"

그들의 대화는 뜨거운 태양 아래서도 오싹할 만큼 묘한 긴장감을 자아냈다.

고대 이집트인들은 별과 하늘을 세밀하게 관찰했다. 나일강의 범람 시기를 예측하기 위해 별자리를 기록했고, 그들의 신화 속에도 하늘의 움직임이 깊숙이 들어가 있었다. 그런데 스핑크스의 방향은 단순히 강이나 태양의 움직임만이 아니라 특정 별과 정렬된 것으로 보인다. 일부 연구에 따르면 스핑크스는 과거 사자자리와 일직선으로 놓였다고 한다. 이는 석상이 단순히 우연히 지어진 것이 아니라, 하늘과 지상의 연결을 의도적으로 표현한 것임을 시사한다. 스핑크스가 사자의 형상을 하고 있는 것도 단순한 상징이 아니라, 별자리와 직접 연결된 기호였을 가능성이 있다.

"그렇다면 이 석상은 단순한 파라오의 얼굴이 아니라 하늘에서 온 신의 수호자였을지도 모르지."

한 연구원이 말을 잇자 옆에 있던 동료가 낮은 목소리로 물었다.

"혹시 하늘에서 내려온 존재들이 자신들의 지식을 남긴 건 아닐까. 그래서 스핑크스를 통해 후대에 신호를 보낸 건지도 몰라."

두 사람의 대화는 농담처럼 흘러갔지만, 모두가 속으로는 고개를 끄덕이고 있었다. 스핑크스의 압도적인 크기와 정밀함은 인간만의 작품으로 보기엔 어딘가 부족해 보였기 때문이다.

별자리 정렬과 관련된 또 다른 미스터리는 스핑크스의 침식 흔적에서도 드러난다. 일부 연구원들은 석상에 남은 침식 자국이 바람이 아니라 오래전의 비와 물에 의한 것이라고 주장했다. 만약 그렇다면 스핑크스는 지금 알려진 연대보다 훨씬 이전에 만들어졌을 수 있다. 그리고 그 시점은 바로 별자리 정렬과 맞아

떨어지는 시기다.

"이 흔적을 봐. 바람에 의한 침식이라기엔 너무 부드럽고 깊어. 물이 흐른 흔적 같아."

연구원이 석상의 몸체를 가리키며 말했다. 다른 이가 눈을 크게 뜨며 속삭였다.

"그렇다면 스핑크스는 우리가 생각하는 것보다 수천 년은 더 오래된 건가. 그러면 누가 만든 거지?"

질문은 대답 없이 모래바람 속에 흩어졌다.

밤이 되자 스핑크스는 또 다른 얼굴을 드러냈다. 달빛 아래에서 석상의 눈은 별빛과 교차하며 마치 하늘을 응시하는 것 같았다. 연구원들은 망원경을 통해 그 시선을 따라갔다.

"정말이다. 사자자리를 향하고 있어."

한 연구원이 감탄했다. 다른 이가 고개를 끄덕이며 대꾸했다.

"이건 단순한 우연이 아니야. 고대인들이 별자리와 땅을 잇는 거대한 메시지를 남긴 거야."

순간, 모두의 등줄기에 서늘한 기운이 흘렀다. 고대의 장인들이 새긴 돌은 지금 이 순간에도 하늘을 향해 신호를 보내고 있는 듯 보였다.

스핑크스는 여전히 사막 위에서 침묵을 지키고 있다. 그러나 그 침묵 속에는 분명 무언가가 담겨 있다. 고대인들은 그 거대한 석상을 통해 하늘의 이야기를 기록하고자 했고, 어쩌면 하늘에서 내려온 방문자와의 만남을 기념했을지도 모른다. 별자리와의 정렬, 침식 흔적이 말해주는 오래된 역사, 그리고 사람들의 상상 속에서 살아 움직이는 신비. 이 모든 요소는 스핑크스가 단순한 돌덩이가 아니라는 사실을 증명하고 있다.

사자의 몸과 인간의 얼굴을 가진 그 석상은 고대 이집트 문명이 남긴 거대한 수수께끼다. 그리고 지금도 여전히 사람들에게 같은 질문을 던지고 있다. 스핑크스는 무엇을 지켜보고 있으며, 그 시선 끝에는 무엇이 있는가. 하늘에서 내려온 신들이 남긴 흔적일까, 아니면 인간이 하늘을 향해 만든 기념물일까. 해답은 여전히 모래 속에 묻혀 있지만, 스핑크스의 눈은 지금도 별빛을 따라 우리에게 신호를 보내고 있는 듯하다.

06

외계의 힘으로 지어진 흔적일까

피라미드는 수천 년 전 인간의 손으로 지어진 건축물이라고 알려져 있다. 하지만 그 크기와 정밀함을 직접 눈으로 마주하면 사람들은 의심을 품지 않을 수 없다. 돌 하나하나의 무게가 수 톤에 달하는데, 그것들이 종이 한 장도 들어가지 않을 정도로 정교하게 맞춰져 있다. 수십만 개의 돌이 사용되었는데, 현대 장비 없이 이토록 완벽한 대칭과 정렬을 이룰 수 있었을까. 단순한 노동력이나 원시적 도구만으로 설명하기에는 부족하다. 그래서 일부는 피라미드 건축이 인간의 힘을 넘어선 어떤 도움을 받았다고 주장한다.

현장에서 커다란 석재 앞에 서 있던 한 연구원이 말했다.

"이 돌 하나가 몇 톤은 될 거야. 수천 개를 옮겼다니 믿기 힘들지 않아?"

옆에 있던 동료가 땀을 닦으며 대답했다.

"지렛대와 경사로를 썼다고 하지만, 이렇게 정밀하게 맞출 수 있었을까. 지금도 같은 방식으로 하면 불가능에 가까워."

그들의 대화는 단순한 상상이 아니라, 실제 눈앞에 있는 거대한 건축물이 던지는 질문이었다. 연구원들의 시선은 피라미드 꼭대기를 향했고, 그곳에서 내려오는 태양빛은 마치 다른 세계의 흔적처럼 느껴졌다.

고대 이집트인들이 남긴 기록에는 신들의 힘에 대한 언급이 있다. 신들이 하늘에서 내려와 인간에게 지혜를 주었고, 그 지혜로 거대한 구조물이 세워졌다는 이야기다. 이를 단순한 신화로 치부할 수도 있다. 하지만 벽화 속에 그려진 원판 모양, 빛줄기, 이상한 도구 같은 형상들은 단순한 장식으로 보기엔 기묘하다.

혹시 그들이 신이라고 부른 존재가 실제로 하늘에서 내려온 방문자였고, 그들의 기술을 빌려 피라미드를 완성했을지도 모른다.

"만약 그렇다면, 피라미드 자체가 외계 기술의 산물이라는 거네."

한 연구원의 말에 동료가 눈을 크게 뜨며 반박했다.

"그건 너무 과장이야. 인간이 해낸 걸 외계인 덕분이라고 돌려 버리면 고대인들의 업적을 무시하는 거잖아."

하지만 그는 말을 잇지 못했다. 왜냐하면 눈앞의 거대한 구조물은 인간의 힘으로만 지어졌다고 보기 어려웠기 때문이다. 두 사람의 대화는 흥분과 의심 사이를 오갔고, 결국 모두의 마음속에 '혹시 외계의 힘이 개입한 건 아닐까'라는 질문을 남겼다.

피라미드 내부의 통로는 더욱 미스터리하다. 긴 복도와 방의 배치가 특정 별자리와 연결되어 있고, 일부 공간은 아직도 열리지 않은 채 남아 있다. 봉인된 방에는 어떤 비밀이 숨어 있을까. 혹시 고대인들이 하늘에서 받은 기술이나 도구가 보관되어 있지는 않을까. 이런 상상은 현실적이지 않을지 몰라도, 고대 벽화와 신화는 사람들의 의심을 자극하기에 충분하다.

밤하늘의 별빛과 피라미드는 신비로운 조화를 이룬다. 별자리와 정확히 일치하는 정렬은 단순한 우연이 아니라 고도의 수학과 천문학 지식이 필요하다. 지금도 많은 이들이 피라미드 위에 서서 별을 바라보며 묻는다.

"정말 고대인들만의 힘으로 가능했을까. 아니면 누군가 하늘에서 내려와 그들에게 길을 알려준 걸까."

질문은 대답을 찾지 못한 채, 사막의 침묵 속으로 흩어진다.

피라미드가 지어진 목적과 방법은 지금도 논쟁 속에 있다. 하지만 한 가지 분명한 건, 이 거대한 건축물이 단순한 무덤을 넘어선 의미를 지니고 있다는 사실이다. 고대인들이 신이라 부른 존재를, 현대인은 외계인이라 부른다. 표현은 달라도, 그들이 하늘에서 내려온 무언가를 경험했을 가능성은 여전히 살아 있다.

사막 위에 묵묵히 서 있는 피라미드는 오늘날에도 같은 질문을 던진다. 인간의 힘만으로 가능한 건축물인가. 아니면 외계의 손길이 닿은 흔적인가. 해답은 아직 닫혀 있지만, 그 거대한 돌들은 침묵 속에서 여전히 속삭이고 있다. 하늘에서 내려온 힘이 언젠가 진실을 드러낼 것이라고.

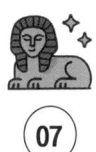

07
파라오 무덤에 남은 기묘한 흔적

 피라미드는 흔히 파라오의 무덤으로 불린다. 그러나 실제 발굴된 내부를 들여다보면 의문스러운 점들이 적지 않다. 일부 피라미드에서는 파라오의 미라가 발견되지 않았고, 어떤 곳은 빈 채로 남아 있었다. 무덤이라면 당연히 있어야 할 장례용품조차 없는 경우도 있었다. 파라오의 위엄을 상징하는 거대한 건축물이 정작 그의 시신을 담지 않았다는 사실은 많은 이들에게 질문을 던졌다. 혹시 피라미드는 본래 무덤이 아니라 다른 목적을 위해 지어진 것이 아닐까.

 카이로의 발굴 현장에서 연구원들이 어두운 통로를 따라 들어가자 돌 벽 너머에 낯선 방이 드러났다. 벽에는 수수께끼 같은 문양이 새겨져 있었고, 바닥에는 미라 대신 이상한 흔적이 남아 있었다. 한 연구원이 낮은 목소리로 말했다.

"여기 뭔가 이상해. 무덤이라면 시신이 있어야 하는데 아무것도 없어."

옆의 동료가 벽의 문양을 손가락으로 짚으며 대답했다.

"게다가 이 문양을 봐. 별자리와 기묘한 도형이 얽혀 있어. 마치 하늘을 기록한 지도 같아."

두 사람은 잠시 서로를 바라보며 침묵했다. 그들의 눈앞에 있는 것은 단순한 무덤의 장식이 아니었다.

발굴 기록에 따르면, 일부 피라미드 내부에는 마치 연소한 흔적처럼 보이는 검은 자국이 남아 있었다. 횃불의 흔적이라기엔 지나치게 넓고 고르게 번져 있었다. 어떤 이는 그것을 고대의 불꽃 실험이라고 설명했지만, 다른 이는 알 수 없는 에너지의 흔적이라고 주장했다.

"혹시 이 자국이 고대인들이 신이라고 부른 존재가 남긴 것 아닐까."

한 연구원이 중얼거렸다. 동료는 고개를 저으면서도 눈길을 거두지 못했다.

"설명할 방법이 없어. 하지만 뭔가 강력한 힘이 사용된 건 분명해."

또 다른 방에서는 미라 대신 정체 모를 유물이 발견되기도 했다. 작은 구슬 모양의 돌, 알 수 없는 합금으로 된 금속 조각, 그리고 기록되지 않은 상형문자가 새겨진 석판 등이 그것이다. 모두 정체가 명확하지 않았고, 그 출처 또한 알 수 없었다. 연구원들은 그것을 제의 도구라고 해석했지만, 누군가는 하늘에서 내려온 방문자와 관련된 물건일지도 모른다고 상상했다.

"이 돌을 봐. 표면이 너무 매끄러워. 현대 기계로 가공한 것처럼 보여."

한 연구원이 돌을 손에 쥐고 말하자 동료가 속삭였다.

"이집트인들의 기술만으로는 설명할 수 없다는 거야. 대체 어디서 온 걸까."

피라미드 안에는 아직도 열리지 않은 봉인된 방이 남아 있다. 최신 장비로 조사한 결과, 벽 뒤에 비밀의 공간이 있다는 사실이 밝혀졌다. 하지만 그 안을 열어본 사람은 아직 없다. 그 방 속에는 무엇이 있을까. 파라오의 미라일 수도 있고, 혹은 우리가 알지 못하는 또 다른 무언가일 수도 있다. 연구원들 사이에서는 만약 그곳에서 외계의 흔적이 발견된다면 인류의 역사가 다시 쓰일 것이라는 농담 아닌 농담이 오갔다. 하지만 그 웃음 속에는 두려움도 섞여 있었다.

밤이 깊어가자 발굴팀은 피라미드 앞에 모여 별빛을 바라보았다. 사막의 침묵 속에서 연구원 한 명이 입을 열었다.

"우린 지금 거대한 퍼즐 앞에 서 있는 거야. 무덤이라고 부르지만, 사실은 하늘과 연결된 어떤 장치일 수도 있어."

그러자 옆에 있던 이가 천천히 고개를 끄덕였다.

"맞아. 미라가 없다는 건 우연이 아니야. 파라오의 무덤이 아니라, 하늘의 무덤일지도 몰라."

그 말은 농담처럼 들렸지만, 누구도 쉽게 부정하지 못했다.

피라미드 안에 남은 기묘한 흔적들은 무덤이라는 전제를 끊임없이 흔들고 있다. 비어 있는 방, 남겨진 유물, 알 수 없는 문양과 에너지의 흔적. 이 모든 것은 고대인들이 단순히 왕의 무덤을 만들려 했던 것이 아니라는 사실을 시사한다. 어쩌면 그들은 하늘에서 내려온 존재를 위해 공간을 마련했거나, 그들과의 만남을 기념하려 했던 것일지도 모른다.

수천 년의 세월이 흘렀어도 피라미드 속 비밀은 여전히 닫혀 있다. 그러나 그 침묵 속에는 확실히 무언가가 숨겨져 있다. 그것이 파라오의 영혼인지, 아니면 하늘에서 내려온 손님의 흔적인지는 아직 알 수 없다. 하지만 분명한 건, 피라미드 속 흔적들이 오늘날까지도 우리를 사로잡고 있다는 사실이다. 그리고 언젠가 봉인이 풀린다면, 인류는 자신들이 생각했던 역사와 전혀 다른 진실과 마주하게 될지도 모른다.

08
여전히 풀리지 않는 피라미드의 수수께끼

 사막 위에 우뚝 솟은 피라미드는 수천 년 동안 변함없이 인간을 압도해왔다. 모래바람 속에서도 무너지지 않고, 세월의 무게 속에서도 당당히 서 있는 그 모습은 단순한 건축물 그 이상이었다. 벽화에 새겨진 하늘의 기록, 모래 위에 세워진 정밀한 구조, 벤벤석의 전설과 신비로운 벽화 속 원형 상징, 별자리와 정렬된 스핑크스, 외계의 힘을 떠올리게 하는 정교함, 파라오 무덤에서 발견된 기묘한 흔적까지. 모든 이야기는 하나의 결론을 향해 이어지고 있었다. 피라미드는 단순한 왕의 무덤이 아니라, 하늘과 인간을 잇는 수수께끼 같은 문이었다.

 카이로의 별이 가득한 밤, 연구원들이 피라미드 앞에 앉아 있었다. 그들은 낮 동안 발견한 기록과 흔적들을 정리하며 긴 대화를 나눴다. 한 연구원이 조용히 입을 열었다.

"우린 벽화에서 하늘의 기록을 봤지. 원반과 빛줄기, 신비로운 형상들. 그건 단순한 신화로 보기 힘들어."

옆에 있던 동료가 고개를 끄덕이며 덧붙였다.

"맞아. 그리고 건축 자체도 이상해. 돌 하나하나가 종이 한 장도 들어가지 않을 정도로 맞춰져 있었어. 지금도 재현하기 어렵지."

그들의 대화는 단순한 추측이 아니라, 피라미드가 던지는 질문의 무게를 공유하는 순간이었다.

그들은 또 다른 발견을 떠올렸다. 벤벤석 전설 속에서 신들이 내려온다는 이야기가 있었고, 그 돌은 태양빛을 반사하며 하늘과 지상을 잇는 신호처럼 빛났다고 한다. 한 연구원이 말했다.

"벤벤석은 단순한 돌이 아니었어. 하늘에서 내려온 존재가 서 있던 자리를 기억한 증거일지도 몰라."

다른 이가 대답했다.

"그리고 벽화 속 원반들. 마치 UFO 같은 그 그림들. 고대인들이 직접 본 걸 기록한 게 아닐까."

두 사람의 말에 주변이 조용해졌다. 사막의 바람이 그들의 대화를 삼키듯 스쳐 지나갔지만, 말 속에 담긴 의문은 사라지지 않았다.

스핑크스의 별자리 정렬은 그들에게 또 다른 질문을 던졌다.

왜 거대한 석상의 시선은 특정 별을 향하고 있는가. 사자의 형상이 별자리와 일치하는 것은 우연이었을까. 침식 흔적이 수천 년을 더 거슬러 올라간다는 분석은 그 신비를 더욱 깊게 만들었다. 한 연구원이 속삭였다.

"만약 스핑크스가 우리가 아는 것보다 훨씬 오래되었다면, 그걸 만든 존재는 누구였을까."

대답 대신 다른 이가 하늘을 가리켰다.

"어쩌면 하늘에서 내려온 손님들이었겠지. 인간은 그저 그들을 목격하고 돌로 새긴 것일 뿐일지도 몰라."

그 순간, 별빛과 석상의 눈빛이 겹쳐지는 듯한 착각이 일어났다.

피라미드 내부에 남은 흔적은 미스터리를 더했다. 미라가 발견되지 않은 방, 알 수 없는 유물, 별자리와 연결된 문양들. 어떤 방은 아직도 봉인된 채로 남아 있고, 그 안에는 무엇이 있는지 아무도 알 수 없다.

"언젠가 그 방이 열리면, 우리가 찾는 해답이 나올지도 몰라."

한 연구원이 희미하게 웃으며 말했다. 동료는 잠시 침묵하다가 조용히 대답했다.

"하지만 그 해답이 우리가 감당할 수 없는 진실일 수도 있겠지."

그들의 대화는 긴장과 기대가 섞여 있었고, 그 눈빛 속에는 두려움이 서려 있었다.

밤이 깊어갈수록 피라미드는 더욱 거대하게 다가왔다. 별빛 아래 검게 드리운 피라미드의 실루엣은 마치 하늘로 향한 거대한 통로 같았다. 그 앞에 선 연구원들은 자신들이 인류의 과거를 파헤치고 있다고 생각하면서도, 동시에 하늘에서 내려온 존재들의 흔적을 따라가고 있다는 느낌을 지울 수 없었다. 그 순간, 피라미드는 단순한 돌무더기가 아니라 살아 있는 거대한 기록처럼 보였다.

피라미드의 수수께끼는 여전히 풀리지 않았다. 하지만 그 침묵은 오히려 더 큰 울림을 준다. 사람들은 묻는다.

"왜 지어졌는가. 누가 만들었는가. 무엇을 위해 세워졌는가."

그리고 대답은 아직 돌아오지 않았다. 그러나 그 미지의 침묵이야말로 피라미드가 가진 가장 큰 힘이다. 해답이 주어지지 않기 때문에, 인류는 끊임없이 상상하고 의심하며 새로운 길을 찾는다.

사막 위에 서 있는 피라미드는 오늘날에도 여전히 우리를 바라보고 있다. 고대인들의 손길이 남은 건축물이지만, 그 안에는 인간이 이해하지 못한 힘의 흔적이 숨어 있는지도 모른다. 혹은 정말로 하늘에서 내려온 손님들이 남긴 기록일지도 모른다. 우리는 아직 답을 얻지 못했지만, 그 질문 덕분에 피라미드는 단순한 돌이 아닌 살아 있는 수수께끼로 남아 있다. 그리고 언젠가 그 봉인이 풀린다면, 인류는 자신들이 하늘의 손님과 얼마나 가까웠는지를 알게 될 것이다.

2장

인도의 고대 비행선 비마나

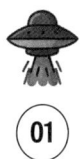

01

고대 문헌에 기록된 하늘의 비행선

　인도의 고대 문헌에는 우리가 상상도 못할 기묘한 장치들이 등장한다. 산스크리트어로 기록된 베다와 마하바라타 속에는 '비마나'라 불리는 하늘의 수레가 반복적으로 언급된다. 이 수레는 단순히 하늘을 나는 수단이 아니라, 신들이 전쟁에 활용하고 먼 거리를 단숨에 이동하는 비행체였다. 묘사된 형태는 둥근 모양, 혹은 사각의 구조로 다양하지만, 공통적으로 하늘을 자유롭게 오가는 능력을 가진 것으로 전해진다. 고대인들이 정말 상상만으로 이런 장치를 그려낼 수 있었을까, 아니면 그들이 실제로 본 것을 기록한 것일까.

　도서관 한쪽에서 고대 문헌을 읽던 연구원이 책장을 넘기며 눈을 크게 떴다.

　"여기 봐. 비마나가 '빛나는 마차처럼 하늘을 가로질렀다'고 기록돼 있어. 단순히 시적인 표현이 아니야. 이건 실제 비행을 말하는 것 같아."

옆자리의 동료가 다가와 구절을 들여다보더니 고개를 끄덕였다.

"맞아. 게다가 여기에 '쇠로 된 집처럼 생겨서 수천 리를 날았다'고 되어 있네. 마치 금속 비행체를 묘사한 것 같지 않아?"

두 사람의 목소리는 흥분으로 떨려 있었다. 그 문장은 단순한 신화의 장면이라기엔 너무 구체적이었기 때문이다.

마하바라타에는 더욱 놀라운 장면이 기록되어 있다. 하늘에서 내려온 수레가 번쩍이는 빛을 내며 적들을 향해 돌진하고, 불꽃같은 무기를 쏘아내 전장을 불바다로 만들었다는 대목이다.

"이거 봐. 여기서 비마나는 단순한 수송 수단이 아니야. 전쟁 무기였어. '태양처럼 밝은 빛을 쏘아내 적들의 도시를 태웠다'고

쓰여 있어."

연구원이 구절을 읽자 동료는 눈을 크게 뜨며 대답했다.

"핵무기를 연상시키지 않아? 고대인이 어떻게 이런 상상을 했을까. 혹시 실제로 하늘에서 본 무기를 묘사한 건 아닐까."

비마나는 고대 문헌 속에서 다양한 형태로 등장한다. 어떤 기록에는 원형의 돔을 가진 하늘의 집으로 묘사되고, 또 다른 기록에서는 날개 달린 수레로 표현된다. 하지만 공통된 특징은 하늘을 나는 능력과 사람을 태우고 먼 거리를 이동시킨다는 것이다. 일부 문헌에는 비마나가 별들 사이를 오가거나 하늘의 다른 영역으로 들어갔다고 기록되어 있다. 이는 단순히 지상 이동이 아니라, 지금으로 치면 우주 여행을 떠올리게 한다.

한 연구원이 책장을 덮으며 중얼거렸다.

"만약 이게 단순한 비유가 아니라면, 인도인들은 수천 년 전에 이미 비행체를 목격한 거야. 그게 신들의 수레로 불렸던 거지."

다른 동료가 살짝 웃으며 말했다.

"그렇다면 그 신들이란 건… 외계에서 온 방문자였을지도 모르겠네."

농담처럼 들렸지만, 아무도 쉽게 부정하지 못했다. 왜냐하면 문헌 속 묘사들은 지나치게 현실적이고, 단순한 상상이라기엔 놀랍도록 기술적이었기 때문이다.

비마나를 다룬 전설 속에는 조종사에 대한 언급도 있다. 신들이 직접 비마나를 몰았다고도 하지만, 어떤 경우에는 인간이 그것을 조종했다는 기록도 있다. 그 조종 방식은 의식과 주문, 그리고 기묘한 힘을 통해 이루어졌다고 전해진다. 하지만 이를 현대적으로 해석하면, 특정한 조작법과 기술이 있었던 것으로 볼 수도 있다. 고대의 언어로 설명할 수 없었던 장치가 신비한 주문으로 포장된 것은 아닐까.

발굴 현장에서도 흥미로운 증거들이 발견되었다. 인도 전역의 고대 사원 벽화에는 하늘을 나는 수레와 비슷한 형상이 남아 있었고, 일부 조각에는 바퀴 없이 둥둥 떠 있는 물체가 표현되기도 했다.

"이 벽화 좀 봐. 수레인데 바퀴가 없어. 그냥 공중에 떠 있잖아."

연구원이 손전등으로 벽을 비추며 말했다. 동료가 벽화를 바라보다가 낮게 대꾸했다.

"정말이네. 이건 단순히 상징적인 그림이라기엔 너무 사실적이야."

두 사람은 벽 앞에서 한동안 말을 잇지 못했다.

비마나는 단순한 신화의 장치일 수도 있다. 그러나 인도의 문헌에 반복적으로 나타나는 구체적인 묘사와 벽화 속 형상들은 우연이라고 치부하기엔 의문이 많다. 혹시 인류는 아주 오래전부터 하늘의 방문자를 목격했고, 그들의 탈것을 '비마나'라 불렀던 건 아닐까.

오늘날에도 비마나는 많은 연구원의 호기심을 자극하고 있다. 신비로운 비행선은 인류의 상상력을 넘어, 실제로 고대에 존재했을 가능성을 열어두게 만든다. 그리고 지금도 그 질문은 사막의 바람처럼 귓가에 맴돈다. 하늘의 수레는 단순한 전설이었을까, 아니면 실제로 하늘을 가로지른 흔적이었을까. 해답은 여전히 남아 있지만, 비마나의 이야기는 고대 인도의 하늘을 영원히 신비로운 빛으로 물들이고 있다.

② 신들이 타고 다닌 불가사의한 수레

고대 인도의 전설 속에서 신들은 단순히 하늘에 머무는 존재가 아니었다. 그들은 직접 땅에 내려와 인간과 교류하며 때로는 전쟁에도 개입했다. 그리고 그들이 타고 있던 것은 언제나 비마나 불린 불가사의한 수레였다. 이 수레는 하늘을 나는 탈것으로 묘사되었으며, 빛을 발하며 번개처럼 빠르게 움직였다. 그 속에 탑승한 신들은 전장을 가르며 천둥 같은 소리를 내뿜었다. 고대 문헌 속 구절은 그 장면을 생생하게 전한다.

"그의 수레는 하늘을 갈랐고, 불꽃은 낮을 밝히는 태양처럼 퍼져 나갔다."

발굴된 사원의 벽화에도 이 장면은 남아 있었다. 둥근 지붕을 가진 탈것 안에 신들이 있고, 그 아래에는 번개 모양의 선들이 쏟아져 내려왔다. 연구원들이 손전등을 비추며 벽화를 살펴보던 중 한 사람이 입을 열었다.

"봐, 이건 분명히 바퀴가 없는 수레야. 그런데도 공중에 떠 있잖아."

동료가 눈썹을 찌푸리며 말했다.

"게다가 신들이 타고 있어. 그냥 상징이라고 하기엔 너무 구체적인데?"

그들의 목소리는 흥분으로 떨렸고, 벽화의 그림자는 긴장감 있는 공기를 더욱 짙게 만들었다.

마하바라타 속 전투 장면은 특히 인상적이다. 신들이 비마나를 타고 전장에 내려오자 땅은 흔들리고, 하늘은 불빛으로 가득 찼다고 기록되어 있다. '수레에서 내뿜은 광선이 적군의 무기를 녹였고, 도시의 탑은 무너졌다.'라는 문구는 단순한 상상만으로 만들어졌다고 보기 힘들다. 고대 인도인들이 하늘에서 본 것을 최대한 언어로 표현한 흔적일지도 모른다.

연구원들이 그 구절을 읽으며 토론을 이어갔다. 한 연구원이 책장을 가리키며 말했다.

"이건 무슨 레이저 같은 무기를 묘사하는 것 같아. 불빛으로 금속을 녹였다니."

다른 이가 고개를 저으며 반박했다.

"그건 과장이겠지. 하지만 단순한 화살이나 창의 묘사라고 보기엔 너무 다르지 않아?"

두 사람은 잠시 침묵했고, 결국 모두 같은 생각에 도달했다. 고대인들이 상상만으로 이런 장면을 기록했을 가능성은 낮다는 것이다.

비마나는 신들의 전용 탈것이었지만, 때로는 인간도 탑승했다는 기록이 전해진다. 선택받은 왕이나 전사가 신의 곁에 올라탔고, 그 순간 그는 하늘을 나는 경험을 했다고 한다. 고대 문헌에는 '그는 바람보다 빨리 날아갔고, 구름 위를 자유롭게 걸었다.'라는 구절이 남아 있다. 이것은 단순한 신화적 수사일까, 아니면 인간이 실제로 신비한 비행체를 경험한 기록일까.

연구원 한 명이 웃음을 머금고 말했다.

"상상해봐. 고대의 왕이 이 비마나에 올라탄 순간을. 그는 하늘에서 내려다보며 전쟁의 판도를 바꿀 수 있었겠지."

다른 이가 대꾸했다.

"맞아. 하지만 그건 단순히 신화일 뿐이라고 말하기엔, 너무 생생해. 그들이 직접 본 걸 그려낸 게 아닐까."

그들의 목소리에는 농담과 진지함이 동시에 묻어 있었다. 고대의 기록은 지금도 사람들의 상상 속에서 살아 움직이고 있었다.

문헌 속 비마나는 때로는 하늘의 궁전으로 불렸다. 내부에는 금빛 장식이 가득했고, 천장은 별빛처럼 빛났다고 한다. '그는 하늘의 집 같은 수레에 올랐다. 그 안은 별처럼 빛나는 돌로 장식되었고, 바닥은 바람에 닿지 않았다.'라는 구절은 단순히 수레를 넘어서, 우주선의 내부를 연상시키기도 한다. 고대인들은 본 적 없는 기계를 자신들이 이해할 수 있는 언어로 풀어냈던 것이 아닐까.

밤하늘을 배경으로 떠다니는 수레의 모습은 오늘날 UFO 목격담과도 닮아 있다. 둥글거나 사각의 구조, 하늘을 가르는 빛줄기, 그리고 내부에서 나오는 밝은 광채까지. 현대인의 상상 속 비행접시와 고대 문헌 속 비마나는 너무도 비슷하다. 연구원 한 명이 속삭였다.

"결국 이름만 다를 뿐, 우리는 같은 대상을 보고 있는 게 아닐까."

다른 이가 천천히 고개를 끄덕였다.

"맞아. 고대인들은 신들의 수레라 불렀고, 현대인은 UFO라 부르지."

비마나는 고대 인도의 상상력일 수도 있고, 실제로 목격한 하늘의 기묘한 장치였을 수도 있다. 그러나 분명한 것은, 그 기록이 오늘날까지도 사람들의 호기심을 자극한다는 사실이다. 신들의 수레는 아직도 하늘에 떠 있는 듯, 독자들의 상상 속에서 계속 움직이고 있다.

사막 위를 스쳐가는 바람처럼, 비마나의 전설은 인류에게 같은 질문을 던진다.

"정말로 하늘의 수레는 존재했을까. 그 수레를 타고 내려온 신들은 누구였을까."

해답은 아직 남아 있지만, 그 수수께끼야말로 비마나가 가진 가장 큰 힘일 것이다.

③
무기처럼 쓰였다는 하늘의 빛

고대 인도의 서사시 마하바라타에는 지금 읽어도 전율을 일으키는 묘사들이 등장한다. 신들이 타고 다녔다는 비마나에서 번쩍이는 빛이 쏟아져 나와 전장을 가득 메우고, 도시 전체를 불길 속에 삼켜버렸다는 기록이다. 구절 속에서는 단순히 화살이나 창이 아니라, 태양처럼 강렬한 광선이 적들을 무너뜨린다고 적혀 있다. 그 빛은 인간의 무기가 아니라 하늘에서 온 무기처럼 보인다. 당시 사람들은 그것을 신들의 힘이라 불렀지만, 지금의 눈으로 보면 전혀 다른 의미로 다가온다.

연구원들이 고대 문헌을 해석하던 중 한 장면 앞에서 멈췄다. 한 연구원이 떨리는 목소리로 구절을 읽어 내려갔다.

"하늘에서 내려온 수레가 불을 뿜어 도시를 태웠다. 빛은 낮보다 밝았고, 사람들은 눈을 가린 채 쓰러졌다."

그는 책장을 덮으며 동료를 바라봤다.

"이건 화살이나 창이 아니야. 뭔가 더 강력한 무기야."

옆에 있던 동료가 낮게 중얼거렸다.

"핵폭발을 연상시키지 않아? 고대인이 본 걸 이렇게 표현한 걸 수도 있어."

그들의 얼굴에는 두려움과 흥분이 동시에 스쳐갔다.

문헌에는 빛의 파괴력에 대한 묘사도 상세히 남아 있다. '광선이 지나간 자리는 모든 것이 녹아내렸고, 땅은 검게 타올랐다.'는 기록은 단순한 시적 표현이라고 보기엔 너무 구체적이다. 금속이

녹고 돌이 갈라졌다는 설명은 고대 무기의 수준을 한참 뛰어넘는다. 고대인들이 상상할 수 없는 현상을 실제로 목격했기에 이런 기록이 남은 것은 아닐까.

발굴 현장에서 연구원들은 불에 탄 흔적이 남은 유물을 발견하기도 했다. 일반적인 화재와는 다른 방식으로 표면이 유리처럼 변한 도자기와 검게 그을린 돌들이 그것이다. 연구원 중 한 명이 유물을 손에 들며 말했다.

"봐, 이건 단순히 불에 탄 게 아니야. 엄청난 열에 순간적으로 노출돼야 이렇게 변하지."

동료가 그의 손을 보며 대답했다.

"그렇다면 문헌 속 기록이 사실일지도 몰라. 하늘에서 내려온 수레가 정말로 빛의 무기를 쏘아냈던 거지."

마하바라타 속에는 더 충격적인 표현도 남아 있다.

"빛은 수천 개의 태양이 동시에 떠오른 것 같았고, 사람들은 몸이 녹아내리듯 사라졌다."

이 묘사는 현대의 폭발 무기를 떠올리게 한다. 고대 인도인들은 알 수 없는 힘을 눈앞에서 목격했고, 그것을 자신들이 가진 언어로 기록했다. 그들이 말한 빛의 무기는 지금도 풀리지 않는 수수께끼다.

연구원들 사이에서 논쟁이 이어졌다. 한 연구원이 고개를 저으며 말했다.

"아무리 그래도 고대에 핵무기 같은 게 있었다고 믿을 순 없어."

그러자 다른 이가 즉시 받아쳤다.

"그럼 이 기록을 어떻게 설명할 건데. 불빛이 도시를 삼켰다는 건 화살이나 창으로는 불가능하잖아."

두 사람은 잠시 날카롭게 시선을 교환했지만, 곧 긴장된 웃음을 터뜨렸다. 진실이 무엇이든, 문헌 속 구절이 불러일으키는 충격만은 부정할 수 없었기 때문이다.

비마나는 단순한 비행체가 아니라 무기를 탑재한 전쟁 기계였을지도 모른다. 고대의 신들이 하늘에서 내려와 빛을 무기로 사용했다는 전승은 그저 신화일까, 아니면 실제로 존재했던 사건의 기록일까. 사원 벽화에도 비슷한 장면이 남아 있다. 하늘에서 광선을 뿜는 수레와, 그 아래 무너져 내리는 도시의 모습이다. 연구원들이 벽화 앞에서 긴장된 눈빛을 나누었다.

"이 그림은 문헌과 너무 닮았어. 서로 다른 기록이 같은 장면을 전하는 것 같아."

사막의 바람이 불어오는 발굴 현장에서 연구원들은 다시금 같은 질문을 던졌다.

"빛의 무기는 정말로 존재했을까. 아니면 고대인들의 상상일 뿐이었을까."

그러나 마음속 깊은 곳에서는 누구도 쉽게 부정하지 못했다. 기록은 너무도 구체적이었고, 발견된 유물들은 의심을 지울 수 없게 만들었기 때문이다.

오늘날에도 그 질문은 여전히 이어지고 있다. 고대 인도의 하늘에서 쏟아져 내린 빛은 단순히 전설의 한 장면일까, 아니면 인류가 잊어버린 어떤 기술의 흔적일까. 비마나가 쏘아낸 빛은 지금도 여전히 불타오르고 있다. 그것은 과거에만 머물지 않고, 미래에도 우리를 향해 끝없는 수수께끼를 던지고 있는 것이다.

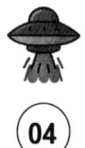

04
신들의 전쟁 외계 무기의 흔적일까

 고대 인도의 전설 속 전쟁은 단순히 창과 칼이 맞부딪히는 싸움이 아니었다. 하늘에서는 번쩍이는 수레가 불꽃을 내뿜으며 날아다녔고, 땅 위에서는 그 빛에 도시가 불타 사라졌다고 기록되어 있다. 사람들은 그것을 신들의 전쟁이라 불렀지만, 그 장면을 곰곰이 떠올려 보면 외계 무기의 흔적처럼 보인다. 신들이 타고 다닌 비마나는 전투의 도구였고, 그 안에서 발사된 불빛은 전장을 바꾸는 결정적 무기였다.

 연구원들이 고대 문헌을 읽으며 긴장된 시선을 주고받았다. 한 사람이 구절을 소리 내어 읽었다.

 "비마나는 하늘에서 내려와 번개 같은 무기를 내리꽂았고, 전사들은 한순간에 사라졌다."

 그는 책을 덮으며 말했다.

"이건 단순한 화살이 아니야. 전장의 묘사가 너무 현대적이야."

다른 연구원이 팔짱을 끼며 대답했다.

"맞아. 마치 폭격기에서 쏟아지는 폭탄 같아. 그런데 이 기록은 수천 년 전 거잖아. 도대체 어떻게 이런 표현이 가능했을까."

두 사람은 잠시 말이 없었다. 마하바라타에는 신들이 서로 다른 무기를 사용하며 싸웠다는 기록이 남아 있다. 어떤 무기는 바람을 불러일으켜 적을 쓰러뜨렸고, 어떤 무기는 불을 뿜어 땅을 갈라지게 했다고 한다. '그 무기는 하늘의 불이었다. 마치 수천 개의 번개가 동시에 떨어진 것 같았다.'라는 구절은 단순한 신화적 장식으로 보기 힘들다. 불꽃과 폭발, 도시가 불길에 휩싸이는 모습은 현대인이 읽어도 생생하게 눈앞에 펼쳐지는 듯하다.

발굴 현장에서 연구원들은 검게 그을린 토기와 이상하게 녹아내린 돌 조각을 발견하기도 했다. 표면이 유리처럼 변해버린

그 흔적은 일반적인 불로는 설명되지 않았다. 연구원 한 명이 돌조각을 손에 들고 중얼거렸다.

"이건 화산의 열과도 달라. 순간적으로 엄청난 고열이 닿았다는 증거야."

그러자 동료가 낮게 속삭였다.

"고대 전쟁에서 사용된 무기가 남긴 흔적일지도 몰라. 신들의 전쟁이 실제로 있었다는 거지."

그 말은 농담처럼 들렸지만, 모두가 진지하게 귀 기울였다.

신들의 전쟁은 인간의 손에 쥔 무기가 아니라 하늘에서 내려온 기술의 싸움처럼 보인다. 비마나에 실린 무기들을 신들은 불빛, 번개, 바람처럼 자유자재로 다루었다. 인간의 언어로는 불꽃이나 태양 같은 비유를 썼지만, 실은 알 수 없는 첨단 기술이었을 가능성도 있다. 오늘날로 치면 레이저, 플라즈마, 혹은 폭격과도 닮아 있다.

연구원 한 명이 기록을 가리키며 말했다.

"여기 '빛나는 창이 하늘에서 내려와 전장을 불태웠다'는 구절이 있어. 그냥 창이라면 왜 빛난다고 했을까."

다른 이가 고개를 저으며 반박했다.

"빛나는 건 은유일지도 몰라. 하지만 전장을 불태웠다는 건 설명이 안 돼. 창으로 도시 전체를 불태울 수는 없잖아."

두 사람의 대화는 격해졌지만, 결국은 서로 같은 의문을 공유하고 있었다. 고대의 기록은 우리가 아는 무기와는 전혀 다른 장면을 전하고 있었다.

고대 사원 벽화에도 이 전쟁의 흔적이 남아 있다. 하늘에서 불빛을 쏘아내는 수레와, 땅 위에서 무너져 내리는 성벽, 그리고 도망치는 사람들의 모습이다. 그림 속에서는 인간이 감당하기 어려운 힘이 분명히 묘사되어 있었다. 연구원들은 벽화 앞에서 긴장된 표정으로 서로를 바라보았다.

"이건 그냥 상징이 아니야. 실제로 본 걸 그린 것 같아."

동료는 낮게 대답했다.

"그렇다면 그 전쟁은 신들의 싸움이 아니라, 외계 무기의 흔적이 남은 사건일지도 몰라."

오늘날에도 학자들은 이 전쟁의 기록을 두고 치열하게 토론한다. 그러나 분명한 건, 고대 문헌이 단순한 상상의 산물이라고만 보기에는 너무나 구체적이라는 사실이다. 비마나가 단순한 신화의 탈것이 아니라, 실제로 존재했던 전쟁 기계였다면, 인류의 역사는 우리가 아는 것보다 훨씬 더 복잡할 것이다.

사막의 바람 속에서 연구원들은 같은 질문을 반복했다.

"정말 신들의 전쟁이 있었을까. 그 전쟁에서 사용된 무기는 외계의 흔적일까."

대답은 아직도 나오지 않았지만, 피라미드와 나스카처럼 비마나 역시 끝없는 수수께끼를 남긴 채 오늘날까지 전해지고 있다. 고대 하늘을 갈랐던 빛은 지금도 여전히 인간의 상상 속에서 불타오르고 있다.

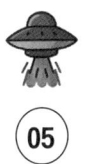

05

우주선을 닮은 기묘한 묘사

고대 인도의 문헌에는 비마나에 대한 묘사가 반복적으로 등장한다. 그러나 어떤 기록에서는 단순한 수레나 마차의 모습이 아니라, 오늘날 우리가 떠올리는 우주선을 닮은 묘사가 보인다. 둥근 돔이 있는 형태, 바닥에서 불길 같은 것이 뿜어져 나오는 구조, 내부에는 여러 층으로 된 공간까지 언급되어 있다. 마치 고대인이 실제로 어떤 비행체의 내부를 보고 기록한 듯 생생하다. 그들은 그것을 신의 수레라 불렀지만, 현대인의 눈에는 우주선으로 읽힌다.

연구원들은 도서관에서 마누서리라는 고대 산스크리트 문헌의 구절을 번역하고 있었다. 한 연구원이 문장을 가리키며 말했다.

"여기 봐. '비마나는 둥근 지붕을 가졌고, 안에는 여러 방이 있었다'고 적혀 있어. 수레라기보다는 집 같지 않아?"

동료가 고개를 끄덕이며 대답했다.

"게다가 '하늘을 오르내릴 때 불빛이 그 밑에서 솟아올랐다'라는 표현도 있어. 이건 마치 추진 장치 같잖아."

두 사람은 서로를 바라보며 놀라움을 감추지 못했다.

문헌 속 묘사에는 내부 구조도 언급된다. '그 안에는 네 개의 층이 있었고, 각 층마다 다른 장식과 기능이 있었다.'라는 대목은 단순한 상징으로 보기 어렵다. 한 연구원이 중얼거렸다.

"층이 나뉘었다는 건 내부 공간이 있었다는 거야. 수레라면 탑승 공간이 단순해야 하는데, 이건 복잡해."

동료는 웃으며 대꾸했다.

"그럼 이건 수레가 아니라 건물 같은 거잖아. 공중을 나는 집

이랄까."

농담처럼 들렸지만, 문헌에 기록된 세부 묘사는 오히려 우주선의 구조를 연상시켰다.

어떤 기록에는 창문과 의자까지 언급된다. '그 안에는 빛나는 창문이 있었고, 왕은 그곳에 앉아 하늘을 내려다보았다.'라는 구절은 너무 현실적이다. 연구원들이 구절을 읽자 서로 고개를 끄덕이며 감탄했다.

"창문과 의자라니. 이건 그냥 상징이 아니야. 누군가 실제로 본 걸 기록했을 가능성이 크지."

동료가 낮게 속삭였다.

"마치 비행기의 조종석 같은 느낌이야. 하지만 이건 수천 년 전이잖아."

그 말은 방 안을 긴 침묵 속에 빠뜨렸다.

비마나의 묘사 중에는 바닥에서 뿜어져 나오는 불꽃과 연기에 대한 설명도 많다. 이것은 오늘날의 로켓 추진과 닮아 있다.

'그 수레는 불을 내뿜으며 하늘로 솟구쳤고, 사람들은 귀를 막을 정도로 큰 소리를 들었다.'라는 기록은 너무도 구체적이다. 고대 인도인들은 알 수 없는 비행체의 이륙 장면을 본 뒤 그것을 신의 수레라 표현했을 가능성이 있다.

연구원 한 명이 생각에 잠긴 듯 말했다.

"만약 이게 사실이라면, 고대 인도인들은 우주선을 목격한 거야. 그리고 그걸 자신들의 언어로 비마나라 불렀던 거지."

다른 이가 조용히 대꾸했다.

"그러면 신들이란 건 사실 하늘에서 온 방문자였겠네. 인간이 아닌 존재 말이야."

그 말은 방 안을 얼어붙게 만들었고, 모두는 잠시 서로를 바라보았다. 그 순간, 오래된 문헌 속 기록은 단순한 신화가 아니라 생생한 목격담처럼 다가왔다.

사원 벽화 속에서도 기묘한 비마나의 형상이 발견된다. 바퀴도 없고, 날개도 없는 둥근 물체가 하늘에 떠 있고, 그 밑에서는 불꽃 같은 무늬가 새겨져 있다. 그림을 본 연구원들이 서로 속삭였다.

"이건 비행기보다는 현대의 UFO와 더 닮았어."

다른 이가 고개를 끄덕이며 대답했다.

"맞아. 원반 모양에 불빛까지. 마치 지금의 UFO 목격담이랑 똑같네."

그들의 말은 단순한 추측을 넘어선 확신처럼 들렸다.

비마나의 묘사는 갈수록 현대적인 장치와 닮아간다. 층으로 나뉜 내부 구조, 창문과 의자, 추진 장치 같은 불꽃, 그리고 하늘을 나는 둥근 돔의 형태까지. 고대인들은 자신들의 언어로 최대한 설명하려 했지만, 그 결과는 오늘날의 우주선과 거의 일치한다. 이 모든 것이 단순한 우연일까. 아니면 고대 인류가 실제로 하늘에서 온 방문자들의 기술을 목격했음을 뜻하는 걸까.

비마나를 연구하는 사람들은 여전히 같은 질문을 반복한다. 고대 문헌과 벽화 속 기록은 상상 속 산물일 뿐인가. 아니면 우리가 알지 못하는 어떤 진실의 흔적일까. 답은 아직 나오지 않았지만, 분명한 것은 하나다. 비마나는 단순한 신화 속 수레가 아니라, 우주선을 닮은 기묘한 묘사로 지금도 여전히 우리를 매혹시키고 있다.

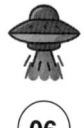

⑥
신전 속에 새겨진 비밀의 상징

 인도의 고대 사원들은 단순한 종교적 건축물이 아니라, 수수께끼 같은 상징들로 가득하다. 벽과 기둥에 새겨진 기묘한 무늬 속에는 태양, 달, 별자리뿐만 아니라 정체 모를 기계적인 문양들이 숨어 있다. 어떤 상징은 바퀴 없는 수레처럼 보이고, 어떤 조각은 둥근 돔 모양에 빛줄기가 뻗어 나가는 모습으로 표현되어 있다. 이를 본 사람들은 종교적 의미라 해석하기도 하지만, 다른 이들은 비마나와 같은 하늘의 탈것을 기록한 흔적이라고 말한다. 신전 속 상징은 단순한 장식이 아니라 고대인들의 기억을 보존한 일종의 암호일지도 모른다.

 연구원들이 사원의 한쪽 벽을 살펴보다가 멈춰 섰다. 손전등 불빛 아래 기묘한 형상이 드러났다.

 "봐. 이건 그냥 연꽃 무늬가 아니야. 둥근 원 안에서 불빛 같은 게 뻗어나가고 있어."

한 연구원이 손가락으로 무늬를 따라가며 말했다. 동료가 눈을 가늘게 뜨더니 고개를 끄덕였다.

"정말 그렇네. 마치 바닥에서 추진 불꽃이 뿜어져 나오는 것처럼 보여. 비마나의 밑부분을 표현한 게 아닐까."

두 사람은 그 앞에서 발길을 떼지 못했다.

신전 기둥의 상단에도 특이한 조각들이 보였다. 그곳에는 하늘로 솟아오르는 듯한 원반 모양과 그 주위에 서 있는 인물들이 새겨져 있었다. 인물들의 자세는 손을 들어올리며 하늘을 향해 경배하는 모습이었는데, 중심에는 빛을 내뿜는 원이 있었다. 한 연구원이 사진기를 들이대며 중얼거렸다.

"이건 태양 숭배 장면이라고 하기엔 이상해. 중심 원에서 빛줄기가 아래로 쏟아지고 있잖아."

옆에서 사진을 찍던 동료가 대꾸했다.

"맞아. 태양이라면 위에서 내려와야 하는데, 이건 마치 그 자체가 하늘에 떠 있는 물체처럼 보이네."

그들의 눈빛은 점점 더 호기심으로 가득 차올랐다.

어떤 사원 벽화에는 수레와 전혀 다른 형상도 보인다. 기계 장치처럼 보이는 기묘한 상징이 그것이다. 원과 삼각형이 복잡하게 얽힌 형태인데, 그 주위에는 불꽃 같은 무늬가 둘러싸여 있었다. 연구원들은 그 앞에서 토론을 이어갔다.

"이건 단순한 장식이 아냐. 마치 설계도 같아."

한 연구원이 말했다. 다른 이가 손으로 턱을 만지며 대꾸했다.

"그렇다면 고대인들이 본 걸 기억하고 이렇게 남긴 건가. 그게 바로 비마나의 내부 구조일 수도 있지."

그들의 대화는 사원의 고요한 공기를 깨우며 퍼져 나갔다.

비마나의 전설과 사원의 상징이 겹쳐지는 순간, 사람들은 단순한 신화를 넘어선 무언가를 떠올리게 된다. 신들이 타고 다녔다는 불가사의한 수레가 실제로 하늘에 있었고, 고대인들이 그것을 보며 사원 벽에 새겨 넣은 것이 아닐까. 그들에게는 기록할 언어가 부족했지만, 그림과 상징은 그 모든 것을 담아낼 수 있었다. 그래서 신전은 단순히 종교적 공간이 아니라, 하늘의 방문자를 기록한 돌판 같은 역할을 했는지도 모른다.

연구원 한 명이 신전 천장을 가리키며 속삭였다.

"여길 봐. 별자리처럼 보이지만, 중심에 기묘한 도형이 있어. 지도 같지 않아?"

다른 이가 눈을 크게 뜨며 대답했다.

"지도라면… 하늘의 길을 표시한 걸까? 비마나가 움직이던 경로를 새겨둔 걸지도 몰라."

두 사람은 흥분을 감추지 못했고, 천장을 가리키며 계속 이야기를 이어갔다. 신전의 돌벽 위에서 오랜 세월 동안 묵묵히 남아 있던 상징은 그들의 호기심을 자극하며 새로운 질문을 던졌다.

어떤 학자들은 이 상징들을 단순히 종교적 은유라 말하지만, 연구원들은 고개를 저었다. 벽화 속에는 기계 장치와 닮은 세부 묘사가 많았고, 불꽃 같은 표현은 단순한 장식으로 보기 어려웠다. 만약 고대 인도인들이 실제로 하늘의 비행체를 목격했다면, 그것을 이해하지 못해 신의 수레라 불렀을 것이다. 그리고 신전은 그 기억을 세대에 걸쳐 전하기 위해 세운 거대한 기록의 장치였을지도 모른다.

사원 속 상징은 오늘날에도 수수께끼로 남아 있다. 그것은 종교적 신화일 수도 있고, 외계에서 내려온 존재들의 흔적일 수도 있다. 하지만 분명한 것은, 고대인들이 그것을 단순한 장식으로 새기지 않았다는 사실이다. 그들은 하늘을 보았고, 하늘에서 내려온 무언가를 목격했으며, 그 경험을 돌과 그림 속에 담아냈다.

오늘날에도 그 질문은 이어진다. 신전 속에 새겨진 상징은 단순한 신화의 산물인가, 아니면 인류가 잊어버린 하늘의 기억인가. 답은 아직 열리지 않았지만, 돌 속에 남은 그림은 지금도 하늘의 수수께끼를 속삭이고 있다.

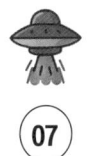

⑦
하늘을 나는 수레를 찾으려는 탐사

 고대 인도의 신화와 문헌에 기록된 비마나는 오늘날에도 많은 이들의 상상력을 자극한다. 단순히 책 속의 전설로 남아 있는 것이 아니라, 실제로 그것을 찾아내려는 탐사가 수차례 진행되었다. 사원의 깊숙한 지하실, 밀림 속에 숨겨진 유적, 그리고 오래된 산스크리트 문헌까지 사람들은 온갖 방법을 동원해 하늘을 나는 수레의 흔적을 찾으려 했다. 이 탐사들은 종종 실패로 끝났지만, 그 과정에서 발견된 단서들은 비마나 전설이 단순한 상상이 아닐지도 모른다는 가능성을 키워 주었다.

 1970년대 인도 북부에서 한 탐사대가 고대 사원의 봉인된 공간을 열었다. 그들은 오래된 제단 뒤에 숨겨진 좁은 통로를 따라 내려가며 희미한 불빛 속에서 벽화와 기묘한 도형을 마주했다. 연구원 한 명이 손전등을 비추며 말했다.

"여기 적혀 있는 기호를 봐. 마치 설계도 같은데?"

동료가 숨을 죽이며 대답했다.

"맞아. 원과 삼각형이 반복적으로 그려져 있어. 이게 추진 장치나 구조를 의미하는 건 아닐까."

그들의 목소리는 긴장과 흥분으로 떨렸다.

이후에도 여러 차례 탐사가 이어졌다. 히말라야 산맥 인근의 한 동굴에서는 불에 그을린 듯한 흔적이 발견되었는데, 그 모양은 마치 거대한 기계가 착륙한 자국처럼 보였다. 연구원들이 그 자국 앞에 서서 서로 의견을 나누었다.

"자연적으로 생긴 흔적 같지는 않아. 바위가 녹아내린 흔적을 봐."

한 연구원이 손으로 바위를 가리켰다. 다른 이가 곁에서 말했다.

"이건 정말로 뭔가가 불꽃을 내뿜으며 내려앉았던 것 같아. 우리가 찾던 흔적일 수도 있어."

그들의 대화는 동굴의 메아리와 섞여 묘한 울림을 남겼다.

탐사대가 남긴 기록에는 더 놀라운 내용도 있다. 어떤 지역의 늪지대에서는 정체 모를 금속 조각이 발견되었다. 부식되지 않은 채 묻혀 있던 이 금속은 현대 기술로도 설명하기 어려운 성분을 가지고 있었다. 연구원 한 명이 시료를 들여다보며 중얼거렸다.

"이 합금은 지금도 만들기 어려운 구조야. 고대인들이 어떻게 이런 걸 만들었지?"

옆에서 지켜보던 동료가 눈을 크게 뜨며 대답했다.

"그렇다면 이건 고대 인도인들이 만든 게 아닐 수도 있잖아. 외부에서 온 기술일지도 몰라."

탐사의 목적은 단순히 전설을 확인하는 데 그치지 않았다. 그들은 실제로 비마나가 어디엔가 보존되어 있을지도 모른다는 희망을 품었다. 몇몇 기록에는 '비마나는 깊은 동굴 속에 잠들어 있으며, 다시 깨어날 때 하늘을 날 것이다'라는 전설이 적혀 있었다. 이 전설은 탐험가들에게 마치 보물 지도의 힌트처럼 다가왔다. 밀림을 헤치며 동굴을 찾던 이들의 눈에는 늘 기대와 두려움이 함께 깃들어 있었다.

"혹시 우리가 그 동굴을 찾게 된다면?"

한 탐험가가 긴장된 목소리로 물었다. 다른 이가 웃으며 대답했다.

"그럼 세상이 뒤집히겠지. 고대의 하늘 수레가 실제로 존재한다는 게 증명될 테니까."

그러나 또 다른 이는 고개를 저으며 조용히 말했다.

"하지만 우리가 감당할 수 없는 진실일 수도 있어. 그 힘이 아직도 남아 있다면 어떻게 할 거지?"

대화는 장난스럽게 시작했지만, 이내 모두를 침묵하게 만들었다.

탐사는 때때로 위험과 맞닿아 있었다. 어떤 탐험대는 밀림 속에서 사라졌고, 몇몇은 알 수 없는 사고를 당하기도 했다. 지역 주민들은 오래전부터 '신들의 수레를 건드리면 재앙이 따른다'는 전설을 경고처럼 전해왔다. 연구원들이 그 이야기를 들으며 주저

앉았다. 한 현지인이 속삭였다.

"비마나는 인간이 다가가선 안 되는 신의 영역이야."

그러나 연구원들은 포기하지 않았다. 그들에게는 전설 속 수레가 인류의 잊힌 역사를 밝혀줄 열쇠처럼 보였기 때문이다.

탐사 결과는 여전히 확실하지 않았다. 그러나 벽화, 금속 조각, 불에 탄 흔적들은 퍼즐 조각처럼 이어졌다. 그것들은 하나의 이야기를 암시하고 있었다. 고대 인도인들이 남긴 신들의 수레는 단순한 상상이 아니라, 실제로 이 땅을 스쳐간 무언가의 흔적일지도 모른다는 암시였다.

오늘날에도 탐사는 이어지고 있다. 아직 발견되지 않은 동굴과 유적은 수없이 많고, 그 속에 잠든 단서들은 언젠가 세상에 드러날지 모른다. 비마나를 찾으려는 여정은 미완의 이야기로 남아 있지만, 그 미완이야말로 사람들을 계속 이끌고 있다. 신들의 수레는 여전히 하늘에 떠 있는 듯, 우리의 상상 속에서 살아 숨 쉬고 있다.

08
오늘날까지 남아 있는 전설 속 비마나

비마나는 고대 문헌과 사원에만 머물지 않는다. 인도의 마을과 산속에는 지금도 신비로운 전설이 살아 숨 쉬고 있다. 노인들은 불가사의한 불빛을 본 이야기, 하늘에서 내려와 마을을 스쳐 지나간 거대한 수레의 소문을 전해준다. 아이들은 밤하늘을 올려다보며 언젠가 다시 비마나가 돌아올 것이라 믿는다. 신화가 시간이 지나면서 단순히 옛이야기로 변하기 마련이지만, 비마나는 여전히 현재 진행형의 전설로 이어지고 있다.

몇 해 전 히말라야 인근의 한 마을에서 정체 모를 빛이 목격되었다. 주민들은 어두운 밤하늘에 갑자기 떠오른 둥근 물체와 그 밑에서 흘러내린 불빛을 똑똑히 보았다고 증언했다. 한 청년이 연구원들에게 말했다.

"우린 모두 함께 봤어요. 하늘에 둥근 수레 같은 게 떠 있었고, 땅이 흔들릴 정도로 큰 소리가 났죠."

연구원이 놀란 눈으로 물었다.

"정말 수레처럼 보였어? 그냥 항공기 같은 게 아니라?"

청년은 단호하게 고개를 저었다.

"아니에요. 그건 우리가 본 어떤 것도 아니었어요. 우리 조상들이 말하던 하늘의 수레 같았어요."

이야기는 단지 최근의 목격담에 그치지 않는다. 인도의 산스크리트 문헌은 오랫동안 비마나의 귀환을 예고해왔다. '비마나는 다시 깨어나 하늘을 날며 신과 인간을 연결할 것이다'라는 문구는 수천 년 전부터 전해 내려왔다. 연구원들은 그것을 단순한 종교적 예언으로 보지 않았다. 오히려 고대 인류가 하늘에서 본 무언가에 대한 기억이 세대를 거쳐 전해진 것일 수 있다고 여겼다.

탐사대가 한 사원의 제단 아래에서 발견한 전설의 기록에는 비마나가 잠들어 있다는 구절도 있었다. 한 연구원이 흥분된 목소리로 말했다.

"여길 봐. '하늘의 수레는 깊은 곳에서 잠들어 있다가 언젠가 다시 깨어날 것이다'라고 적혀 있어."

동료가 눈을 크게 뜨며 대꾸했다.

"그럼 지금도 어딘가에 비마나가 묻혀 있다는 뜻이잖아. 아직 발견되지 않았을 뿐이지."

두 사람은 서로를 바라보며 말없이 웃었지만, 눈빛 속에는 분명한 확신이 스쳐갔다.

오늘날에도 인도 곳곳에서는 비마나 전설을 믿는 사람들이 많다. 어떤 이들은 실제로 동굴 속에 보관되어 있다고 믿고, 또 다른 이들은 하늘 너머에서 다시 돌아올 것이라 생각한다. 한 노인은 연구원에게 조용히 속삭였다.

"내 할아버지도 같은 걸 봤다고 했소. 하늘에서 불빛이 내려오고, 사람들은 모두 땅에 엎드렸다고."

연구원이 물었다.

"그게 언제였죠?"

노인은 눈을 감으며 대답했다.

"아주 오래전이지. 하지만 그 기억은 우리 가족에게 계속 전해져 왔소."

그 목소리에는 흔들림 없는 확신이 담겨 있었다.

비마나의 전설은 인도의 예술과 문화에도 깊이 남아 있다. 춤과 노래, 심지어 현대 영화 속에도 하늘의 수레가 자주 등장한다. 예술가들은 고대 전설을 현대적으로 해석하며 비마나를 미래적 상징으로 되살린다. 사람들은 여전히 그 이야기를 들을 때마다 눈을 반짝이며 상상 속 하늘을 날아다닌다.

연구원들은 질문을 멈추지 않는다.

"만약 이 모든 전설이 실제 목격에서 비롯된 거라면, 비마나는 지금도 어딘가에 남아 있는 게 아닐까?"

한 연구원이 조용히 물었다. 동료는 고개를 끄덕이며 대답했다.

"그렇다면 언젠가 그 수레가 다시 깨어날 수도 있겠지. 우리가 상상하지 못한 방식으로 말이야."

두 사람의 목소리는 밤공기 속으로 스며들며 묘한 울림을 남겼다.

비마나는 단순히 과거의 기억이 아니다. 그것은 지금도 사람들의 마음속에서 살아 있는 수수께끼다. 마을의 노인들이 전하는 목격담, 문헌 속의 예언, 탐사대의 발견, 그리고 예술 속 재현까지 모든 것이 하나의 흐름으로 이어져 있다. 오늘날까지 남아 있는 전설 속 비마나는 인류가 풀어야 할 수수께끼이자, 하늘에서 내려온 손님들의 그림자를 여전히 우리 곁에 드리우고 있다.

3장

나스카 지상화의 미스터리

① 끝없이 펼쳐진 사막 위 거대한 선

끝없는 모래와 바람이 지배하는 페루 남부의 사막은 겉으로 보기엔 단조로운 황무지다. 그러나 그 땅 위를 조금만 높이 올라 바라보면 믿을 수 없는 광경이 드러난다. 모래 위에 끝없이 이어진 직선과 곡선, 거대한 도형들이 얽혀 하나의 신비로운 세계를 만들어낸다. 이것이 바로 나스카 지상화다. 땅 위에서는 아무 의미 없는 선처럼 보이지만, 하늘에서 보면 엄청난 크기의 동물과 기하학적 무늬로 변한다. 인간이 걸어가며 본다면 결코 알아볼 수 없는 형상이다.

처음 이곳을 찾은 탐험가들은 눈을 의심했다. 한 연구원이 모래 위를 가리키며 말했다.

"저건 단순한 길이 아니야. 이렇게 길게 곧게 뻗은 선은 자연적으로 생길 수 없어."

동료가 주변을 둘러보며 대답했다.

"이 길이 몇 킬로미터나 이어지는지 봐. 마치 누군가 하늘에서 내려다보라고 만든 것 같아."

두 사람은 끝없이 이어진 선 위에 서 있었지만, 도형의 전체 모습을 볼 수 없었다. 전체 그림은 오직 하늘에서만 완성되었다.

이 선들은 돌을 치워내고 밝은 흙을 드러내는 방식으로 만들어졌다. 단순한 기법이지만, 그 규모는 믿을 수 없을 만큼 거대하다. 어떤 직선은 수십 킬로미터에 달하고, 동물 형상은 축구장을 여러 개 이어 붙인 것보다 크다. 새, 원숭이, 거미 같은 동물들이 뚜렷하게 형상화되어 있는데, 땅 위에서 걸어서는 그 전체를 알 수 없다. 마치 하늘에서 내려다보는 존재를 위한 거대한 캔버스처럼 보인다.

현지 주민들은 오래전부터 이 선들을 신성한 장소라 여겼다. 그러나 학자들은 여전히 목적을 알지 못한다.

"만약 이게 단순히 제사의 흔적이라면, 왜 이렇게 크게 만들었을까."

한 연구원이 중얼거렸다. 옆에 있던 동료가 대꾸했다.

"신을 위한 것이라면, 신은 하늘에 있다고 믿었잖아. 그렇다면 저 그림은 하늘에서 볼 수 있어야 했던 거지."

대화는 단순했지만, 선들의 비밀을 풀기 위한 중요한 실마리를 던졌다.

비행기가 발명되기 전까지 사람들은 나스카 지상화의 전체 모습을 몰랐다. 20세기 초, 작은 비행기를 타고 상공을 비행하던 조종사가 우연히 새와 원숭이 모양의 거대한 그림을 발견했다. 그는 믿기 힘들다는 듯 소리쳤다.

"저건 뭐지? 사막에 이렇게 큰 그림이 있다니!"

동승자는 창밖을 내다보다 입을 다물지 못했다. 그날 이후, 나스카 사막은 세계적인 수수께끼의 무대가 되었다.

햇빛이 강하게 내리쬐는 한낮, 연구원들은 사막 위에서 줄자를 늘어뜨리며 길이를 재고 있었다. 그러나 선이 너무 길고 거대해 끝을 볼 수조차 없었다. 한 연구원이 땀을 닦으며 말했다.

"도대체 누가 이런 걸 만든 거지? 인간이 직접 만든 건 맞는 걸까."

다른 이가 먼 하늘을 바라보며 중얼거렸다.

"혹시 하늘에서 내려온 누군가가 이 땅에 흔적을 남긴 건 아닐까."

그의 말은 농담 같았지만, 선 위에서 들으면 진지하게 들렸다.

나스카 지상화의 또 다른 특징은 놀라운 정밀함이다. 직선은 바늘로 긋듯 곧고, 곡선은 부드럽게 이어진다. 그 과정에서 어떠한 흔들림도 거의 보이지 않는다. 현대 장비 없이 어떻게 이런 작업이 가능했을까. 연구원들은 지도와 측량 기술을 언급하지만, 고대인들이 실제로 그렇게 했다는 증거는 부족하다. 사람들은 점점 더 상상력을 펼쳐, 하늘에서 내려온 방문자들이 이 선을 가르쳤을 거라는 이야기를 꺼낸다.

"이건 단순한 길이 아니야."

한 연구원이 다시 말했다.

"이 선들은 하늘을 위한 메시지야. 땅 위에 쓰여진 편지 같은 거지."

동료는 고개를 끄덕이며 답했다.

"그렇다면 그 편지를 받은 건 우리 인간이 아니었을지도 몰라. 하늘에 있는 누군가 말이야."

사막 위의 바람은 그 대화를 삼켜버렸지만, 묘한 울림을 남겼다.

오늘날에도 나스카 지상화는 여전히 신비로움의 중심에 있다. 그 선들은 사라지지 않고 수천 년 동안 그대로 남아 있으며, 사막의 바람은 그것을 지워버리지 못했다. 끝없이 펼쳐진 사막 위의 거대한 선들은 지금도 누군가를 기다리는 듯, 하늘을 향해 조용히 말을 걸고 있다. 그것이 누구를 위한 것인지, 인간인지, 아니면 외계의 손님들인지, 정답은 아직도 모래 속에 감춰져 있다.

새, 원숭이 그리고 알 수 없는 형상

 나스카 사막의 지상화 가운데 가장 눈길을 끄는 것 중 하나는 바로 거대한 새의 형상이다. 날개를 활짝 편 채 하늘을 나는 듯한 모습은 수십 미터에 걸쳐 펼쳐져 있다. 그 선은 단순하지 않고, 곡선과 직선이 정교하게 이어져 있어 마치 하늘에서 내려다본 실제 조류의 실루엣처럼 보인다. 고대인들이 그린 단순한 동물 그림이라고 하기엔 너무나 정확하고 비례가 잘 맞아 있다. 이 새는 콘도르라 불리기도 하지만, 학자들 사이에서는 여전히 논란이 많다. 그것은 실제 새일 수도 있고, 혹은 하늘에서 본 어떤 존재를 형상화한 것일 수도 있다.

 탐사대가 지상화를 드론으로 촬영하며 상공에 띄워 올렸을 때, 모니터에 선명히 드러난 거대한 새의 모습에 모두 숨을 죽였다. 한 연구원이 감탄하며 말했다.

"이건 정말 경이롭군. 땅 위에 있을 땐 전혀 몰랐는데, 이렇게 위에서 보니 완벽한 형태야."

옆에 있던 동료가 고개를 끄덕이며 대꾸했다.

"맞아. 이건 단순한 그림이 아니야. 누군가 위에서 볼 수 있도록 의도한 거야."

그들은 화면 속에 펼쳐진 새를 보며, 고대인들이 어떤 의도를 담았는지 추측을 멈추지 못했다.

새 외에도 나스카 지상화에는 원숭이 형상이 특히 유명하다. 꼬리를 나선형으로 길게 뻗은 원숭이는 그 자체로 독특하고 기묘하다. 곡선으로 이어진 꼬리는 단순한 장식 같지만, 일부 연구원들은 그것이 천문학적 의미를 담고 있다고 주장했다. 꼬리의 나선형은 은하수의 회전, 혹은 우주의 소용돌이를 상징하는 것일 수도 있다. 원숭이의 손가락 수가 실제와 다르게 표현되어 있다는 점도 흥미로운 부분이다. 혹시 이것은 단순한 동물 묘사가 아니라, 하늘의 신비와 연결된 암호일까.

현장에서 원숭이 형상을 본 연구원들은 한참 동안 말을 잇지 못했다. 결국 한 사람이 입을 열었다.

"손가락이 여덟 개야. 실제 원숭이와는 다르지 않아?"

다른 이가 고개를 끄덕이며 대답했다.

"맞아. 이건 의도적으로 그린 거야. 숫자에 뭔가 의미가 있는 거지."

그들은 꼬리의 나선과 손가락의 개수를 세밀히 기록하며, 그것이 단순한 그림이 아니라 수학적, 천문학적 상징일 수 있다고 추측했다.

새와 원숭이 외에도 나스카 지상화에는 다양한 형상들이 남아 있다. 거미, 고래, 심지어 정체 모를 도형까지 존재한다. 하지만 일부 형상은 현대인의 눈에도 설명하기 어려운 기묘한 모습이다. 어떤 것은 기계 장치처럼 보이고, 또 어떤 것은 단순한 자연물과 닮지 않았다. 이들은 모두 공통적으로 하늘에서 내려다볼 때만 온전한 형태를 드러낸다. 마치 하늘의 손님들을 위한 신호처럼 보인다.

한 연구원이 하늘을 가리키며 말했다.

"만약 저 위에서 누군가 이 땅을 바라봤다면, 이 그림들은 분명히 잘 보였을 거야."

동료가 조용히 대꾸했다.

"그렇다면 이건 인간을 위한 게 아니라, 하늘의 존재를 위한 거였을지도 몰라."

두 사람의 목소리는 바람에 흩날렸지만, 그 말은 모래 위에 깊게 스며드는 듯했다. 그들은 무심코 던진 대화 속에서 고대인의 의도를 다시 떠올렸다.

특히 일부 형상은 새와 원숭이의 단순한 묘사를 넘어선다. 직선과 원, 기하학적인 도형들이 나란히 놓이며 마치 활주로나 기계 설계도를 연상시킨다.

"여길 봐. 이건 동물도 아니고 사람도 아니야. 그냥 이상한 기계 같아."

한 연구원이 말했다. 동료가 눈을 가늘게 뜨며 대꾸했다.

"혹시 비행체를 묘사한 건 아닐까. 고대인들이 본 하늘의 물체를 이렇게 새겨둔 거지."

그 순간, 지상화는 단순한 미술이 아니라 외계와 연결된 수수께끼로 다가왔다.

오늘날에도 나스카 지상화의 동물과 알 수 없는 형상들은 연구원들의 끝없는 논쟁을 불러온다. 그것이 단순한 의식의 흔적이든, 별과 하늘을 향한 기도가 담긴 것이든, 혹은 외계에서 내려온 존재에게 보낸 메시지든 확실한 결론은 없다. 그러나 분명한 것은 이 그림들이 지금도 여전히 사람들을 매혹하고 있다는 사실이다. 끝없이 이어진 선 위에서 새와 원숭이는 마치 하늘을 향해 비밀을 속삭이듯 사막 위에 조용히 남아 있다.

하늘에서만 볼 수 있는 신비한 그림

나스카 지상화의 가장 큰 특징은 땅 위에서는 전혀 그 의미를 알 수 없다는 점이다. 사막 위를 걷는 사람에게는 단순히 돌이 치워진 흔적처럼 보일 뿐이지만, 하늘로 올라가 시선을 바꾸는 순간 엄청난 그림들이 모습을 드러낸다. 새, 원숭이, 거미, 그리고 알 수 없는 기하학적 도형들이 수십, 수백 미터 크기로 펼쳐져 있다. 그것은 마치 인간이 아니라 하늘의 눈을 가진 존재만을 위해 만들어진 작품 같았다.

20세기 초 비행기의 발명이 없었다면 인류는 이 그림의 존재조차 알지 못했을 것이다. 최초로 상공에서 이 그림을 본 조종사들은 믿기지 않는 듯 소리를 질렀다고 전해진다.

"저 아래를 봐. 거대한 새가 그려져 있어!"

동승자가 고개를 내밀며 외쳤다.

"그 옆에는 원숭이 같아. 어떻게 땅 위에 이런 게 있을 수 있지?"

그들의 외침은 훗날 나스카 지상화가 세계적 미스터리로 떠오르는 계기가 되었다.

땅 위에서는 알아볼 수 없는데 하늘에서는 완전한 그림이 보인다는 사실은 의문을 던진다. 고대인들은 비행기를 가진 것도 아니었고, 위성 사진을 찍을 기술도 없었다. 그런데 어떻게 전체 도형을 구상하고 정확히 그려낼 수 있었을까. 연구원들은 긴 줄과 측량을 이용했을 것이라고 설명하지만, 수십 킬로미터에 이르는 직선과 곡선을 유지하는 것은 오늘날에도 쉽지 않은 작업이다.

탐사대가 현장에서 직접 선을 따라 걸으며 기록할 때, 한 연구원이 발걸음을 멈추고 말했다.

"여기서 보면 그냥 길 같아. 아무 의미도 없는 흔적이지."

다른 이가 웃으며 대꾸했다.

"하지만 하늘로 올라가면 얘기가 달라지지. 우리가 보지 못하는 걸, 누군가는 위에서 보고 있었던 거야."

그 순간 모두는 하늘을 올려다보며 잠시 침묵했다. 그 침묵 속에 '그 누군가'가 누구인지에 대한 상상이 피어올랐다.

나스카의 직선과 도형 중에는 활주로처럼 보이는 것도 있다. 폭이 일정하게 유지되며 길게 뻗은 직선은 마치 거대한 비행체가 이착륙하기 위한 공간처럼 보인다. 한 연구원이 손가락으로 먼 직선을 가리키며 말했다.

"저 길이가 몇 킬로미터나 되는지 알아? 게다가 완전히 곧아. 지금도 이런 선을 만들려면 위성 좌표가 필요할 거야."

동료가 고개를 갸웃하며 대답했다.

"그럼 고대인들이 어떻게 이걸 해낸 거지? 아니면… 고대인들이 혼자가 아니었던 걸까."

이곳을 찾은 탐험가들 가운데는 단순히 그림의 아름다움에 매료된 이들도 있었지만, 다수는 그 이면에 숨겨진 목적에 더 관심을 가졌다. 새와 원숭이, 거미는 종교적 상징일 수도 있지만, 정체를 알 수 없는 기하학적 도형은 설명하기 어렵다. 원과 삼각형이 반복적으로 배치된 도형은 마치 신호나 암호처럼 보인다. 그것이 인간을 위한 것이 아니라, 하늘에서 내려다보는 이들을 위한 표식이라면 어떨까.

연구원 한 명이 작은 비행기에서 내려다본 도형 사진을 가리키며 말했다.

"이건 분명히 뭔가를 전달하려는 의도야. 그냥 땅에 그림을 그리려는 게 아니라고."

다른 이가 흥분된 목소리로 대꾸했다.

"맞아. 이건 메시지야. 그런데 그 메시지를 받아야 하는 존재는 우리 인간이 아니었던 거지."

 그들의 목소리는 마치 오래된 비밀을 막 발견한 사람들처럼 떨리고 있었다.

 나스카 지상화는 지금도 사막 한가운데 남아 있다. 수천 년 동안 바람과 비에도 사라지지 않고 그 형태를 유지하고 있다는 사실 자체가 놀라움이다. 마치 누군가가 그것을 지키고 있는 듯, 여전히 선명하게 남아 있다. 사람들은 하늘에서만 볼 수 있는 이 그림들을 바라보며 같은 질문을 던진다. 이 그림은 누구를 위해 만들어진 것일까. 인간을 위한 것일까, 아니면 인간 너머의 존재를 위한 것일까.

외계인을 불러들이는 활주로 가설

나스카 사막을 가로지르는 수많은 직선들 중 일부는 동물 형상과는 전혀 다른 성격을 띤다. 그것들은 단순한 그림이 아니라 길게 뻗은 활주로 같은 모습이다. 수 킬로미터에 달하는 직선은 폭도 일정하고, 모래 위를 완벽하게 곧게 가른다. 지상에서 보면 그저 평범한 길 같지만, 하늘에서 내려다보면 활주로와 똑같이 보인다. 이 때문에 많은 사람들은 고대인들이 단순히 신에게 바치기 위해 만든 것이 아니라, 하늘에서 내려오는 존재들을 위해 만든 신호장치일지도 모른다고 상상했다.

이 가설은 탐사대가 직선을 따라 걸으며 처음 언급되었다. 한 연구원이 모래 위를 손으로 훑으며 말했다.

"이건 단순한 의식용 선이 아니야. 이렇게 곧게, 이렇게 길게 만들 필요가 없었잖아."

다른 이가 눈을 가늘게 뜨며 대답했다.

"마치 거대한 비행체가 착륙할 수 있도록 만든 활주로 같지 않아?"

그들의 목소리는 농담처럼 들렸지만, 끝없이 이어진 직선 위에 서 있자 그 농담은 서서히 현실적인 가능성으로 변해갔다.

실제로 나스카 지상화의 직선 중 일부는 현대 공항의 활주로와 비교될 만큼 정밀하다. 길이가 수 킬로미터를 넘고 폭이 일정하게 유지되는 구조는 단순히 눈대중으로 만들 수 있는 것이 아니다. 현대 기술로 측량해도 그 직선의 정확성은 놀라울 정도다. 그래서 일부 학자와 탐험가들은 이것이 인간의 능력을 넘어선 흔적일지도 모른다고 주장한다. 고대인들이 하늘에서 내려온 존재들과 교류했고, 그들에게 착륙할 공간을 제공했을 것이라는 상상은 지금도 사람들의 마음을 사로잡는다.

탐사대의 대화는 점점 진지해졌다.

"만약 이게 활주로라면, 고대인들은 뭘 위해 만든 걸까. 하늘의 신들을 초대하기 위해서?"

한 연구원이 물었다. 동료는 잠시 생각하다가 말했다.

"어쩌면 그들이 직접 만든 게 아닐 수도 있어. 하늘에서 내려온 존재들이 고대인들에게 방법을 가르쳐 준 거지."

그들의 대화는 단순한 상상이었지만, 사막의 끝없는 직선이 눈앞에 펼쳐져 있는 상황에서는 충분히 설득력 있어 보였다.

이 활주로 가설을 지지하는 사람들은 나스카 사막의 기후에도 주목한다. 이곳은 비가 거의 내리지 않고, 바람도 일정하다. 그래서 한 번 그어진 선은 수천 년 동안 지워지지 않고 남아 있다. 마치 누군가가 의도적으로 착륙장을 보존하기 위해 이 장소를 선택한 것처럼 보인다. 우연이라고 하기엔 지나치게 조건이 맞아 떨어지는 것이다.

현장에 있던 한 탐험가가 웃으며 말했다.

"만약 외계인이 지금 이곳에 다시 온다면, 저 활주로 위로 착륙할 수도 있겠네."

다른 이가 장난스럽게 대답했다.

"그럼 우리가 바로 옆에서 그 장면을 보게 되겠지. 세상이 하루아침에 달라질 거야."

하지만 그 웃음 속에는 묘한 긴장감이 섞여 있었다. 나스카 사막의 활주로 같은 직선은 사람들의 농담조차 진지하게 만들어 버렸다.

또한 일부 직선은 서로 교차하며 거대한 네트워크를 이룬다. 그것은 단순한 길이 아니라, 좌표와 방향을 표시하는 시스템 같았다. 고대인들이 별과 태양을 연구하기 위해 만들었을 수도 있지만, 동시에 거대한 비행체가 이동하기 위한 신호였을 수도 있다. 별자리와 정확히 일치하는 직선은 단순한 우연이라 보기 힘들었다.

탐사대의 지도 위에 직선을 옮겨 그려 보던 한 연구원이 말했다.

"이건 마치 거대한 공항의 배치도 같아. 활주로가 여러 개 있는 것처럼."

다른 이가 흥분된 목소리로 덧붙였다.

"그럼 고대인들은 단순한 제사장이 아니라, 하늘의 손님들을 맞이하는 관리자였던 거야."

두 사람의 대화는 사막의 고요 속에서 오래도록 울려 퍼졌다.

오늘날에도 나스카의 활주로 가설은 명확히 증명되지 않았다. 그러나 수 킬로미터에 달하는 곧은 직선과 완벽한 기하학적 구조는 여전히 사람들을 혼란스럽게 한다. 단순히 인간의 종교적 행위로 보기엔 너무 정교하고, 단순히 자연 현상으로 설명하기엔 너무 인위적이다. 그래서 사람들은 여전히 하늘을 바라보며 같은 질문을 던진다. 이 선들은 누구를 위해 만들어진 것일까. 인간일까, 아니면 외계의 손님일까.

고대인의 별과 태양을 담은 그림일까

 나스카 사막의 끝없는 선과 도형을 바라보면 사람들은 묻지 않을 수 없다. 이것이 단순히 종교적 제의의 흔적일까, 아니면 훨씬 더 큰 목적이 있었던 것일까. 수 킬로미터를 이어 그려진 직선과 거대한 도형은 마치 천체의 움직임과 관련이 있는 듯 보인다. 태양의 움직임, 별자리의 위치, 계절의 주기를 계산하기 위한 거대한 달력이었을지도 모른다. 고대인들은 땅 위에 선을 그려 하늘의 별을 지상에 옮겨 놓았던 것일까.

 사막 한가운데서 연구원들은 나침반과 지도, 그리고 별자리를 비교하며 선들의 방향을 측정했다.

 "이 직선은 정확히 동지를 향하고 있어."

 한 연구원이 말했다. 동료가 고개를 끄덕이며 대답했다.

 "맞아. 저 선은 해가 떠오르는 방향과 일치하지. 단순한 우연이라고 보기엔 너무 정확해."

그들의 눈빛은 점점 진지해졌다. 나스카의 선들은 분명히 천문학적 지식과 연결되어 있었다.

고대인들이 별과 태양을 관찰했다는 증거는 나스카뿐 아니라 여러 고대 문명에서 발견된다. 그러나 나스카 지상화의 경우 그 규모와 정밀성이 남다르다. 직선들은 해의 떠오름과 지는 방향에 맞추어져 있고, 특정 도형들은 별자리의 움직임과 연결되는 듯하다. 예를 들어 원형 도형은 태양의 궤적을, 삼각형 도형은 특정 별자리의 위치를 나타낸다는 해석이 있다. 고대인들이 하늘을 바라보며 계절과 시간을 측정하기 위해 거대한 캔버스를 만든 것일지도 모른다.

탐사대의 한 연구원이 손가락으로 지도를 가리키며 말했다.

"여길 봐. 이 직선은 오리온자리에 정확히 맞아 떨어져."

다른 이가 놀란 듯 대꾸했다.

"그렇다면 고대인들이 오리온자리를 알고 있었다는 거네. 그것도 아주 정밀하게."

그들은 순간 말을 잃었지만, 이내 흥분된 목소리로 다시 토론을 이어갔다. 고대인들이 단순히 하늘을 바라본 것이 아니라, 체계적으로 기록하고 계산했다는 사실은 놀라웠다.

사막 위에 새겨진 원숭이와 새의 도형조차 천문학적 의미를 가질 수 있다. 원숭이의 꼬리 나선은 은하수의 소용돌이를, 새의 날개는 별자리의 형태를 담고 있을지도 모른다. 한 연구원이 중얼거렸다.

"이건 동물 그림이 아니라 하늘의 지도를 그린 거야. 고대인들이 하늘을 땅에 옮겨온 거지."

동료가 미소를 지으며 말했다.

"그럼 이 사막 전체가 고대의 천문대였던 셈이네."

그들은 모래바람 속에서 오래도록 그 말의 의미를 곱씹었다.

태양의 움직임과 연결된 지상화도 있다. 일부 직선은 낮의 길이가 가장 짧은 동지와, 가장 긴 하지에 맞추어져 있었다. 계절의 변화를 정확히 기록하고, 농업을 위한 달력으로 활용했을 가능성이 크다. 그러나 단순한 농업용 달력이라면 왜 이토록 거대하게 만들었을까. 하늘에서만 볼 수 있는 크기로 새긴 이유는 무엇일까. 고대인들이 단순히 실용을 넘어 신에게 보여주기 위해, 아니면 하늘에서 내려오는 존재들에게 전달하기 위해 그린 것일지도 모른다.

한 연구원이 깊은 숨을 내쉬며 말했다.

"이건 단순한 기록이 아니야. 메시지야. 하늘을 향한 메시지."

다른 이가 진지하게 고개를 끄덕였다.

"그 메시지를 받는 존재는 인간이 아니었을지도 몰라. 별 너머에서 이 땅을 바라보던 자들이었겠지."

그 순간 그들은 서로를 바라보다가, 사막의 바람 소리에 대화가 삼켜졌다. 하지만 그 말은 묘한 울림을 남겼다.

 오늘날에도 많은 연구원들은 나스카 지상화가 천문학적 지식을 담고 있다고 믿는다. 하지만 그 모든 해석을 설명하기에는 여전히 부족하다. 단순히 농업을 위한 달력이었을까, 아니면 하늘에서 내려다보는 존재들을 위해 새겨진 우주의 지도였을까. 끝없이 펼쳐진 선과 도형은 여전히 대답하지 않고, 오직 묵묵히 사막 위에 남아 있다. 별과 태양을 담은 그 그림은 오늘도 하늘을 향해 조용히 말을 걸고 있다.

탐험가들이 남긴 놀라운 증언

 나스카 지상화가 세상에 알려지게 된 계기는 단순한 우연이었다. 20세기 초 작은 비행기를 타고 이 지역 상공을 날던 조종사들이 처음으로 그 모습을 보았을 때, 그들은 경악을 금치 못했다. 모래 위에 새겨진 거대한 직선과 형상들은 땅에서는 전혀 알아볼 수 없었고, 오직 하늘에서만 그 의미가 드러났다. 비행기에서 내린 후 그들은 한결같이 말했다.

 "우리는 믿을 수 없는 광경을 봤다. 사막이 거대한 그림책처럼 펼쳐져 있었다."

 이 증언은 곧 전 세계를 흥분시켰다.

 비행사들의 목격담은 이후 수많은 탐험가와 연구원들을 끌어들였다. 한 탐험가는 사막 위를 걸으며 메모를 남겼다.

 "나는 수십 미터 크기의 원을 보았다. 그것은 기하학적으로 완벽했고, 어떤 도구로 만든 것인지 도무지 알 수 없었다."

또 다른 이는 나스카 사막에서 며칠을 머무른 뒤 일기에 이렇게 기록했다.

"밤하늘의 별빛 아래, 선들은 더욱 선명하게 드러났다. 마치 하늘의 별자리와 직접 연결된 듯 보였다."

그들의 증언은 단순한 기록이 아니라, 사막을 직접 경험한 사람들만이 할 수 있는 생생한 체험담이었다.

탐험가들의 증언 중 가장 흥미로운 것은 선과 도형을 직접 따라 걸었을 때의 느낌이다. 어떤 이는 '끝이 보이지 않는 길을 걸을 때 마치 다른 세계로 빨려 들어가는 것 같았다'고 말했다. 또 다른 이는 '선 위에 서 있으면 이상하게도 방향 감각을 잃고, 어딘가 하늘에서 나를 내려다보는 눈길을 느꼈다'고 고백했다. 그들의 증언은 단순히 시각적 경험을 넘어, 심리적이고 초자연적인 체험에 가까웠다.

탐험대가 함께 모닥불 옆에 앉아 있을 때, 한 사람이 조용히 말을 꺼냈다.

"오늘 걸었던 직선 말이야. 그 끝에는 아무것도 없는데도 계속 걸으니 이상하게 무언가가 기다리고 있는 것 같았어."

다른 이가 고개를 끄덕이며 대답했다.

"맞아. 나도 그런 느낌이었어. 끝없는 길인데도 발걸음을 멈출 수가 없더라고. 마치 누군가가 불러내는 것 같았어."

그들은 잠시 서로를 바라보다가 웃었지만, 그 웃음 속에는 두려움이 숨어 있었다.

이후에도 수많은 탐험가들이 나스카를 찾았다. 그들은 비슷한 증언을 남겼다. 어떤 이는 '밤에 선을 따라가면 달빛에 반사되어 은빛 길처럼 빛났다'고 했고, 또 다른 이는 '거대한 새 도형 위에 섰을 때, 날갯짓 소리가 실제로 들리는 듯했다'고 기록했다. 이 증언들은 과학적으로 증명되진 않았지만, 나스카 지상화가 사람들에게 어떤 강렬한 인상을 남기는지 잘 보여준다.

한 탐험가는 일기 속에 이렇게 남겼다.

"나는 거대한 원숭이 그림의 꼬리 끝에 섰다. 그곳은 단순한 모래밭일 뿐인데도, 마치 우주와 연결된 문 앞에 서 있는 것 같았다."

이 글을 읽은 후대의 연구원들은 고개를 갸웃하며 말했다.

"단순한 심리 현상일까, 아니면 정말로 그곳에는 특별한 에너지가 존재하는 걸까."

그 대화는 오늘날에도 이어지고 있다.

탐험가들의 증언은 단순한 여행기의 일부로 치부하기에는 너무나 공통점이 많았다. 끝없는 직선을 걸을 때의 기묘한 감각, 하늘의 시선이 내려오는 듯한 느낌, 그리고 선과 도형이 별자리와 연결된 듯한 인상은 서로 다른 시기에, 서로 다른 사람들이 남긴 기록 속에서 반복되었다. 그 사실만으로도 나스카 지상화는 단순한 그림 이상의 의미를 지닌다고 볼 수 있다.

오늘날 연구원들은 탐험가들이 남긴 기록을 다시 읽으며 새로운 해석을 내놓기도 한다. 어떤 이는 그 증언을 심리학적으로 설명하려 했고, 어떤 이는 지자기 이상 현상과 연결시켰다. 그러나 여전히 풀리지 않는 것은 왜 고대인들이 이토록 거대한 선과 도형을 남겼는가 하는 질문이다. 탐험가들의 목소리는 사막 바람 속에서 지금도 메아리친다.

"나스카는 단순한 땅 위의 그림이 아니라, 하늘을 향한 신비로운 메시지다."

해답보다 더 깊어진 수수께끼

 나스카 지상화를 이해하려는 시도는 오랫동안 이어져 왔지만, 시간이 흐를수록 답보다는 더 많은 의문이 쌓여갔다. 어떤 이는 종교 의식의 장소라고 말했고, 또 다른 이는 천문학적 달력이라 주장했으며, 일부는 외계 문명의 흔적이라고 단언했다. 그러나 수천 년 전 사막에 그려진 거대한 그림 앞에서, 그 어떤 설명도 완전한 해답을 주지 못했다. 오히려 하나의 가설이 나오면 곧 또 다른 반박이 이어지며 수수께끼는 더욱 깊어졌다.

 탐사대가 현장을 조사하던 중, 한 연구원이 고개를 저으며 말했다.

 "우리는 계속 답을 찾으려 하지만, 선은 점점 더 많은 질문을 던지는 것 같아."

 동료가 모래 위에 무릎을 꿇고 선을 손끝으로 따라가며 대답했다.

"맞아. 이건 해답을 주기 위해 만들어진 게 아닐지도 몰라. 오히려 사람들을 혼란스럽게 하기 위해 존재하는 것 같아."

그 순간, 사막의 고요는 수천 년 전 고대인들의 웃음소리를 품고 있는 듯했다.

나스카 지상화의 선 일부는 기존 해석과 맞지 않았다. 어떤 직선은 태양의 위치와 일치하지 않고, 특정 별자리와도 연결되지 않았다. 또 어떤 도형은 동물로 보기엔 너무 추상적이었고, 기하학적이라고 하기에도 모호했다.

"이건 도대체 무엇을 뜻하는 걸까. 동물도 아니고 별자리도 아니야."

한 연구원이 중얼거렸다. 다른 이가 한참 그림을 바라보다가 말했다.

"혹시 우리가 아직 모르는 지식, 혹은 고대인들이 전해 받았지만 잃어버린 무언가를 나타낸 건 아닐까."

그들의 대화는 마치 공허한 모래 위에 파문을 일으키듯 사라졌지만, 질문은 계속 남았다.

나스카 지상화의 또 다른 미스터리는 그 보존 상태였다. 수천 년 동안 비바람을 맞지 않고 형태가 유지된 이유는 기후 덕분이라고 설명된다. 그러나 단순히 날씨만으로는 설명하기 어려운 부분이 있다. 일부 도형은 다른 곳보다 훨씬 더 선명하게 남아 있으며, 마치 누군가 주기적으로 손질한 듯 깔끔하게 보인다.

"자연스럽게 이렇게 보존되었다고 하기엔 너무 완벽해."

한 탐험가가 말했다. 동료는 미소를 지으며 속삭였다.

"그럼 누군가가 아직도 이 그림들을 지키고 있다는 말이야?"

그 말은 농담이었지만, 들은 사람 모두 순간적으로 등골이 서늘해졌다.

나스카를 방문한 탐험가들의 기록에는 이런 이야기도 있다. 어떤 이는 밤하늘 아래에서 그림이 빛나는 것처럼 보였다고 했고, 또 다른 이는 이상한 소리를 들었다고 남겼다.

"바람 소리와는 달라. 마치 낮은 울음 같았어. 선 위에 서 있을 때만 들렸지."

그 증언은 과학적으로 설명할 수 없었지만, 현장을 찾은 이들에게 강렬한 인상을 남겼다.

이처럼 나스카 지상화는 해답을 찾으려 할수록 더 많은 수수께끼를 만들어냈다. 종교, 천문학, 외계 문명 등 수많은 해석이 쏟아졌지만, 어느 것도 결정적인 증거를 내놓지 못했다. 오히려 이 사막은 새로운 이론과 논쟁을 끊임없이 낳으며 사람들을 혼란스럽게 했다. 그러나 그 혼란이야말로 나스카 지상화를 오늘날까지 살아 있는 미스터리로 만드는 힘이었다.

사막 위에서 연구원들은 서로를 바라보며 웃음을 지었다.

"우린 아마 평생 해답을 못 찾을지도 몰라."

한 연구원이 말했다. 다른 이가 모래 위에 손을 얹으며 대답했다.

"그렇지만 그게 이곳의 매력이 아닐까. 끝없는 질문을 던지게 만드는 것."

두 사람은 그렇게 말하며 다시 하늘을 올려다보았다. 별빛은 여전히 사막을 비추고 있었고, 나스카의 선들은 대답 대신 조용히 침묵하고 있었다.

지금도 풀리지 않는 나스카의 비밀

  오늘날 나스카 지상화는 여전히 풀리지 않는 수수께끼로 남아 있다. 수천 년 전 만들어진 이 거대한 그림들이 어떻게 지금까지 형태를 유지하고 있는지, 또 어떤 목적을 위해 그려졌는지는 명확히 밝혀지지 않았다. 일부 학자들은 종교적 의식의 흔적이라고 설명하지만, 땅 위에서는 알아볼 수 없는 그림을 신을 위해 만들었다는 주장은 여전히 의문을 남긴다. 다른 이들은 천문학적 지식과 연결된 달력이라고 주장하지만, 모든 도형과 직선을 그 논리로 설명하기엔 부족하다. 그래서 많은 사람들은 지금도 나스카 지상화를 '현대에도 살아 있는 미스터리'라고 부른다.

  사막 위에서 연구원들이 끝없는 직선을 따라 걸으며 대화를 나눴다.

  "이건 단순히 옛날 사람들의 장난이 아니야."

한 연구원이 말했다. 동료가 모래 위를 내려다보며 대꾸했다.

"그렇지. 이렇게 거대한 규모를 단순한 장난으로 만들 수는 없지. 분명 중요한 목적이 있었을 거야."

그들의 목소리는 바람에 실려 멀리 퍼져갔다. 그 순간 사막은 마치 고대인들의 숨결이 아직도 남아 있는 듯한 분위기로 변했다.

최근에는 드론과 위성을 이용한 탐사가 이루어졌지만, 새로운 선과 도형이 발견될 때마다 오히려 의문은 더 커졌다. 왜 이토록 많은 도형이 만들어졌는지, 왜 특정한 방향과 크기를 고집했는지, 그리고 왜 지금도 일부는 지나치게 선명한 상태로 남아 있는지 명확히 설명하기 어렵다. 마치 누군가가 계속해서 그림을 지키고 있는 것 같았다. 연구원들은 고개를 저으며 중얼거렸다.

"우리가 보는 건 단순한 과거가 아니야. 여전히 현재 속에 살아 있는 무언가야."

탐험가들의 기록 속에서도 공통적으로 등장하는 말이 있다. 바로 '하늘의 시선'이었다. 선 위에 서 있으면 누군가 하늘에서 자신을 내려다보는 듯한 기분이 든다는 것이다. 어느 날 한 탐험가가 조용히 말했다.

"이곳은 사람을 바라보는 게 아니라, 사람을 보여주기 위한 무대 같아. 우리가 관객이 아니라 배우인 거지."

동료가 순간 침묵하다가 낮은 목소리로 대답했다.

"그럼 관객은 누구지? 하늘에 있는 존재들일까."

그 대화는 대답 없는 질문을 남긴 채 모래바람 속으로 흩어졌다.

나스카 지상화는 또한 인간의 시각을 시험하는 듯하다. 땅 위에서는 의미가 없지만, 하늘에서는 완벽한 그림이 된다. 이는 고대인들이 단순히 땅에서 살던 존재가 아니라, 하늘을 의식하며 살아갔음을 보여준다. 그들에게 하늘은 신의 영역이었고, 동시에 외부 세계와 연결되는 문이었을지도 모른다. 고대인들은 하늘을 향해 질문을 던졌고, 그 질문은 그림의 형태로 사막 위에 남겨졌다.

한 연구원이 깊은 한숨을 내쉬며 말했다.

"우린 수십 년 동안 연구했지만, 여전히 답을 얻지 못했어."

동료가 고개를 끄덕이며 대답했다.

"어쩌면 답을 찾으려는 게 잘못된 걸 수도 있어. 나스카는 해답이 아니라, 질문 자체를 남기기 위해 존재하는 거야."

그들의 대화는 단순한 학문적 토론이 아니라, 인간 존재에 대한 철학적 사색처럼 들렸다.

오늘날 관광객들도 나스카를 방문하며 같은 감정을 느낀다. 그들은 전망대에 올라 사막을 내려다보며 숨을 죽인다. 거대한 새, 원숭이, 거미, 그리고 직선은 단순히 땅 위에 있는 선이 아니라, 인류가 아직도 풀지 못한 숙제를 상기시킨다. 과학과 기술이 발전한 지금조차 그 목적을 알 수 없다는 사실이 오히려 나스카를 더욱 신비롭게 만든다.

나스카 지상화는 지금도 묵묵히 사막 위에 남아 있다. 수천 년의 시간을 버티며, 바람과 모래에도 사라지지 않고 그 자리를 지키고 있다. 그것은 인간의 지혜일까, 아니면 하늘에서 내려온 존재들의 흔적일까. 해답은 여전히 알 수 없지만, 나스카의 선들은 사람들에게 끊임없이 같은 질문을 던진다.

"이 그림은 누구를 위한 것이며, 왜 만들어진 것인가."

4장

마야와 아즈텍의 하늘 신들

01
피라미드 꼭대기에 새겨진 신의 얼굴

 끝없는 밀림 속에 숨겨진 피라미드들은 마치 거대한 비밀을 지닌 듯한 분위기를 풍긴다. 나무와 덩굴에 가려져 있던 돌계단을 오르면, 꼭대기에는 누구도 쉽게 설명하지 못할 기묘한 얼굴이 맞이하고 있다. 눈은 지나치게 크고 둥글었고, 입은 얇게 벌어져 있었으며, 이마에는 마치 기계 부품처럼 보이는 선들이 새겨져 있었다. 보는 이들은 본능적으로 그 얼굴이 단순한 장식이 아니라, 무언가를 기록한 흔적이라는 느낌을 받는다. 오랜 세월에도 불구하고 얼굴은 강렬한 힘을 발산하고 있었다.

 탐사에 나선 한 연구원이 손가락으로 그 얼굴을 가리키며 말했다.

 "저 눈, 보이지? 단순한 인간의 눈이 아니야. 동그랗고 깊어서 마치 밤하늘의 별을 닮았어."

다른 연구원이 피라미드 위에서 땀을 훔치며 고개를 끄덕였다.

"그래. 게다가 이마에 새겨진 저 선들, 이상하지 않아? 마치 회로 같아 보여. 돌에 회로를 새긴 이유가 뭘까."

두 사람의 대화는 농담처럼 시작됐지만, 점차 진지한 토론으로 이어졌다.

마야와 아즈텍 문명은 하늘에서 내려온 신들을 숭배했다. 그 신들은 깃털 달린 뱀의 모습으로 나타나기도 하고, 사람의 형상을 빌려 내려오기도 했다. 그러나 피라미드 꼭대기에 새겨진 이 얼굴은 그 어디에도 속하지 않는 독특한 모습이었다. 현지인들은 오래전부터 이 얼굴을 '하늘의 손님'이라고 불렀다.

"하늘에서 온 존재가 우리에게 지식을 주었다. 그 흔적이 바로 저 얼굴이다."

그들의 전승 속에는 그렇게 기록되어 있었다.

한 연구원이 손에 들고 있던 스케치를 들여다보며 말했다.

"이건 단순한 신화 속 존재가 아니야. 실제로 본 것을 묘사했을 가능성이 있어. 고대인들이 하늘에서 내려오는 빛과 함께 만난 누군가를 이렇게 새긴 건 아닐까."

동료가 잠시 망설이다가 대답했다.

"만약 그렇다면, 이 얼굴은 인간이 아닌 다른 존재의 초상화인 셈이지. 그 존재가 외계인이라고 생각하면 설명이 맞아떨어져."

그 순간, 바람이 불어와 덩굴이 흔들렸고, 마치 얼굴이 미소를 짓는 듯 보였다.

얼굴의 위치 또한 의문을 자아냈다. 왜 피라미드의 꼭대기, 가장 높은 곳에 새겼을까. 그것은 단순한 권력의 상징이 아니라, 하늘과 맞닿은 자리에 그려 넣어야 할 이유가 있었던 것 같았다. 태양이 떠오르면 얼굴은 빛을 받아 황금빛으로 빛났고, 밤에는 달빛에 은은하게 드러났다. 마치 낮과 밤, 하늘의 변화를 함께 지켜보고 있는 듯했다. 고대인들은 이 얼굴을 통해 하늘과 소통한다고 믿었을지 모른다.

탐사대 중 한 사람이 조심스럽게 입을 열었다.

"혹시 저 얼굴이 별을 관찰하는 장치일 수도 있지 않을까. 눈 모양이 커다란 렌즈처럼 생겼잖아."

동료가 피식 웃으며 대답했다.

"돌조각이 망원경 역할을 한다고? 말도 안 돼."

그러나 곧 그는 다시 얼굴을 바라보다가 진지한 표정을 지었다.

"하지만 고대인들이 별을 기록했다는 건 사실이야. 그렇다면 저 얼굴도 단순한 조각일 수 없지."

대화는 다시 긴 침묵으로 흘렀다.

오늘날에도 많은 관광객들이 이 얼굴 앞에서 발걸음을 멈춘다. 그들은 단순한 고대 유적을 본다는 느낌보다, 마치 오래된 초상화가 자신을 지켜보고 있는 듯한 착각에 빠진다.

"저 얼굴이 웃는 것 같아."

"아니야, 지금은 화난 표정 같아."

사람마다 다른 감정을 읽어내지만, 공통적으로 느끼는 것은 묘한 시선이었다. 그것은 수천 년 전에도, 지금도 여전히 살아 있는 듯한 힘을 품고 있었다.

이 얼굴은 아직까지도 명확히 해석되지 않았다. 종교적 상징인지, 권력의 표현인지, 아니면 외계 존재의 흔적인지. 그러나 분명한 것은 하나다. 피라미드 꼭대기에 새겨진 신의 얼굴은 수천 년이 지나도 여전히 질문을 던지고 있다는 사실이다. 그 질문은 단순히 고대 문명을 향한 것이 아니라, 오늘날 우리 자신에게도 묻고 있다.

"너희는 하늘에서 내려온 손님들을 믿는가. 그 흔적을 볼 준비가 되어 있는가."

02
하늘에서 내려온 깃털 달린 뱀 신

 중앙아메리카의 밀림 속에 숨겨진 거대한 신전에는 독특한 전설이 전해 내려온다. 바로 깃털 달린 뱀 신, 케찰코아틀이다. 그는 단순한 신이 아니라 하늘에서 내려와 인간에게 지혜와 기술을 가르쳐준 존재로 묘사된다. 돌계단을 따라 올라가면, 뱀의 몸에 화려한 깃털이 달린 조각상들이 줄지어 서 있다. 그 얼굴은 뱀 같지만 눈빛은 인간과 닮아 있어 보는 이를 긴장하게 만든다. 현지인들은 수백 년 동안 이 신을 하늘에서 내려온 선지자로 기억했다.

 탐험가들이 신전 앞에 모여 이야기를 나눴다. 한 연구원이 돌벽에 새겨진 뱀의 형상을 가리키며 말했다.

 "저건 분명 단순한 뱀이 아니야. 뱀이 하늘을 난다는 발상 자체가 비현실적이지 않나. 하지만 벽화는 확신에 찬 듯 하늘과 뱀을 연결하고 있어."

다른 이가 고개를 끄덕이며 대답했다.

"맞아. 게다가 이 뱀은 하늘에서 빛을 내뿜는 존재로 묘사됐어. 고대인들이 본 건 단순한 동물이 아니라, 하늘에서 내려온 무언가였을지도 몰라."

그들의 목소리는 사막 바람처럼 낮게 울려 퍼졌다.

케찰코아틀의 전설은 단순히 신화에 그치지 않는다. 그는 인간에게 농사법, 달력 제작법, 별자리 해석법을 가르쳤다고 전해진다. 또 어떤 이야기에서는 불과 금속 가공 기술까지 전수했다고 한다.

"만약 이게 사실이라면, 고대인들이 가진 지식은 어디서 온 걸까."

한 연구원이 중얼거렸다. 동료가 잠시 침묵하다가 대답했다.

"외계에서 온 존재가 인간에게 직접 지식을 전했다면, 설명이 가능하지."

이 대화는 농담 같으면서도 묘하게 설득력을 가지고 있었다.

케찰코아틀은 종종 빛을 내뿜으며 하늘에서 내려오는 모습으로 묘사된다. 전설 속에서 그는 흰 옷을 입고, 신비로운 빛을 감싸 안으며 나타났다고 한다. 고대인들은 그 빛을 신성한 광채로 여겼지만, 오늘날의 시각으로 보면 마치 비행선에서 내뿜는 빛과도 닮아 있다.

"만약 저 빛이 단순한 상징이 아니라 실제로 본 현상을 기록한 거라면 어떨까."

탐험대의 한 사람이 조심스럽게 물었다. 동료는 눈을 크게 뜨며 대답했다.

"그렇다면 케찰코아틀은 신이 아니라 외계인이었을 수도 있겠네."

순간 모두의 시선이 벽화 속 뱀 신에게로 향했다.

피라미드의 정점에는 케찰코아틀의 얼굴이 하늘을 향해 새겨져 있다. 마치 그가 다시 하늘로 돌아가려는 듯한 표정이었다. 돌로 조각된 눈은 하늘을 똑바로 응시하고 있었고, 입에서는 바람이 불어오는 듯한 느낌이 전해졌다. 현지 전승에 따르면, 그는 언젠가 다시 돌아온다고 한다. 그 예언 때문에 아즈텍의 마지막 황제 모테수마는 스페인 정복자 코르테스를 케찰코아틀로 착각해 나라의 운명을 내주었다고도 전해진다. 신의 전설이 실제 역사의 흐름을 바꿔놓은 셈이다.

탐험대 중 한 젊은 연구원이 조용히 말했다.

"만약 케찰코아틀이 정말로 다시 온다면, 그는 어디에서 오는 걸까. 단순히 신화 속에서 부활하는 게 아니라, 어쩌면 다시 하늘에서 내려오는 거 아닐까."

동료가 피식 웃으며 대답했다.

"그럼 우리는 고대인들처럼 또다시 그를 맞이해야겠지. 하지만 이번에는 신이 아니라 외계 손님으로 말이야."

그 말에 탐험대는 잠시 침묵했다. 그리고 모두가 동시에 하늘을 올려다보았다.

깃털 달린 뱀 신의 전설은 여전히 많은 사람들에게 신비와 호기심을 불러일으킨다. 고대인들은 그를 신이라 불렀지만, 오늘날 사람들은 외계 방문자라는 가설을 던진다. 어느 쪽이든 그의 존재는 단순히 상징으로만 남지 않고, 인간이 하늘과 어떻게 관계를 맺어왔는지를 보여준다. 신전의 계단을 내려오며 탐험가들은 다시 한번 속삭였다.

"저 얼굴은 여전히 우리에게 질문을 던지고 있어. 신이었을까, 아니면 하늘에서 내려온 손님이었을까."

그 질문은 사라지지 않고, 지금도 밀림 깊숙이 남아 있다.

③
돌 벽화에 새겨진 우주복 같은 형상

 밀림 깊은 곳에 숨어 있는 돌 사원 벽에는 지금도 선명하게 남아 있는 기묘한 형상들이 있다. 그것은 단순한 인간의 모습 같기도 했지만, 자세히 들여다보면 머리에 커다란 둥근 헬멧 같은 것이 씌워져 있고, 몸에는 층층이 겹쳐진 장비 같은 것이 표현되어 있었다. 손에는 어떤 장치 같은 것이 쥐어져 있었으며, 발 주변에는 불꽃처럼 보이는 문양이 퍼져 있었다. 사람들은 그것을 보고 고개를 갸웃하며 이렇게 말한다.

 "이건 신을 그린 게 아니라, 마치 우주복을 입은 사람 같아."

 고대 마야와 아즈텍인들은 무엇을 보고 이런 형상을 벽에 남긴 것일까.

 탐사대는 사원 안쪽으로 들어가며 그 벽화를 하나하나 기록하고 있었다. 한 연구원이 손전등으로 조각된 형상을 비추며 말했다.

"봐, 헬멧처럼 둥근 머리 장식이 분명히 있어. 단순한 머리 장식이라기엔 너무 둔탁하고 투박해."

다른 연구원이 다가와 눈을 찌푸리며 대답했다.

"게다가 몸에 달린 저 선들은 뭔가 연결 장치처럼 보여. 옷 주름이라고 하기엔 일정하게 배열돼 있잖아."

두 사람은 동시에 벽화를 바라보다가 잠시 말을 잃었다. 그들의 표정에는 흥분과 불안이 함께 깃들어 있었다.

벽화 속 인물의 주변에는 작은 점들과 선들이 흩어져 있었는데, 어떤 학자들은 그것이 별자리의 위치를 나타낸다고 주장한다. 별과 연결된 인물, 그리고 그 인물이 입고 있는 기묘한 장비

는 단순히 종교적 상징일까, 아니면 하늘에서 내려온 존재의 모습을 기록한 것일까. 한 연구원이 천천히 중얼거렸다.

"고대인들이 이런 장비를 상상할 수 있었을까. 당시에는 금속 갑옷조차 제대로 없었는데, 이런 복잡한 장비를 어떻게 그렸을까."

동료가 고개를 끄덕이며 덧붙였다.

"그건 상상이 아니라 실제로 본 걸 그렸기 때문일지도 몰라."

벽화의 세부를 보면, 인물의 가슴에는 마치 버튼 같은 원형 장치가 조각되어 있었다. 그 장치에서 여러 선들이 몸 전체로 뻗어 나가 있었고, 허리에는 벨트 같은 굵은 띠가 감겨 있었다. 손에 쥔 물체는 긴 막대 같은데, 끝부분에서 불꽃이 흩날리는 듯한 모양이 표현되어 있었다. 이는 고대 무기로 해석되기도 했지만, 어떤 이들은 그것이 에너지 빔 같은 무기를 형상화한 것일 수도 있다고 추측했다. 탐사대 중 한 명이 속삭였다.

"만약 이게 무기라면, 고대인들은 이런 무기를 어디서 본 거지."

또 다른 이가 대답했다.

"하늘에서 내려온 자들이 가지고 있었던 거 아닐까."

이런 해석은 단순한 상상이 아니다. 마야와 아즈텍 전승에는 하늘에서 불빛을 타고 내려온 존재들이 인간과 함께 있었다는 이야기가 남아 있다. 그들은 인간에게 지식을 주고, 때로는 벌을 내리기도 했다고 한다. 어떤 기록에서는 '하늘에서 철갑옷을 입은 자가 내려왔다'라는 문장이 등장하기도 한다. 그것이 곧 오늘날 우리가 보는 벽화의 주인공일 수도 있는 것이다.

탐험가들 사이에서는 이런 이야기가 오가기도 했다.

"혹시 이 벽화가 우리가 말하는 우주인의 초상화 아닐까."

한 연구원이 웃으며 말했다. 동료가 진지한 표정으로 대답했다.

"농담처럼 들리지만, 설명이 되잖아. 헬멧, 장비, 무기 같은 것들. 그걸 신의 상징으로만 치부하기엔 너무 비현실적이야."

잠시 정적이 흘렀다. 그리고 모두가 동시에 벽화를 바라보았다. 그 순간, 돌 속에 새겨진 얼굴이 살아 움직이는 듯한 착각이 일어났다.

벽화는 수천 년의 세월 동안 침묵하고 있었지만, 그 침묵 속에는 수많은 질문이 숨어 있었다. 인간이 상상으로 이런 형상을 만들 수 있었을까. 아니면 정말로 하늘에서 내려온 존재들을 보고 그것을 기록한 것일까. 지금도 그 벽화는 답을 내놓지 않는다. 그러나 분명한 것은, 벽 앞에 선 사람마다 같은 질문을 반복하게 만든다는 사실이다.

"우리가 보는 것은 단순한 돌 그림일까, 아니면 인류가 외계와 만났던 순간의 증거일까."

04
별과 행성을 꿰뚫은 신비한 계산

중앙아메리카의 고대 문명은 단순히 피라미드와 신전으로만 기억되지 않는다. 그들의 가장 놀라운 유산은 바로 별과 행성을 정밀하게 계산한 지식이었다. 마야인들은 달과 태양의 주기를 계산했고, 행성의 움직임까지 기록했다. 특히 금성의 공전 주기를 거의 완벽하게 산출해냈다는 사실은 현대 학자들을 경악하게 만든다. 어떻게 천체망원경도, 복잡한 수학 공식도 없는 시대에 이런 계산이 가능했을까. 많은 사람들은 이 지식이 단순히 인간의 산물이 아니라, 하늘에서 내려온 존재들이 전해준 것이라고 믿는다.

탐사 현장에서 한 연구원이 낡은 점토판 복제품을 들여다보며 말했다.

"봐, 여기 기록된 숫자들을. 금성이 태양을 기준으로 움직이는 주기를 584일로 적어놨어. 현대 천문학이 계산한 값이랑 거의 차이가 없어."

옆에서 지켜보던 동료가 놀란 듯 눈을 크게 뜨며 대답했다.

"그런데 이건 단순히 천문학적 관찰만으로 얻을 수 없는 수준이야. 어떻게 구름이 많은 밀림 속에서 이런 정확한 데이터를 축적했을까. 하늘에서 내려와 직접 알려주지 않고는 설명이 안 돼."

그들의 목소리는 사원의 돌벽에 부딪혀 메아리처럼 울려 퍼졌다.

마야 달력은 특히 신비롭다. 태양력, 종교력, 그리고 긴 주기력을 결합해 만든 복잡한 체계였다. 그들은 몇 세기에 걸친 주기를 기록하며 미래의 일식과 월식까지 예측했다.

"이건 단순한 농경 달력이 아니야."

한 학자가 중얼거렸다. 동료가 고개를 끄덕이며 말했다.

"맞아. 이건 하늘을 통제하고 싶었던 신들이 인간에게 전해준 지식일 수도 있지."

두 사람은 천장의 별 문양을 올려다보며 생각에 잠겼다.

벽화 속에는 태양과 달, 그리고 별들이 정교하게 배열된 장면이 자주 나타난다. 어떤 그림은 마치 태양계를 단순화한 모양처럼 보이기도 한다. 중심에 태양이 있고, 그 주위를 원형 궤도를 따라 별들이 배치되어 있다.

"봐, 이 그림을. 태양을 중심에 두고 행성이 돈다고 생각하는 발상은 현대 과학 이전엔 드물었어."

한 연구원이 손가락으로 그림을 따라가며 말했다.

"지동설을 모르는 시대에 이런 발상이 어떻게 가능했을까."

그 질문은 모두의 머릿속에 깊이 파고들었다.

마야인들이 남긴 '드레스덴 사본'에는 금성과 관련된 기록이 가득하다. 그것은 단순한 예언서가 아니라, 실제로 천문학적 관찰이 체계적으로 기록된 문서였다. 이 사본을 연구한 현대 학자들은 그 정밀함에 놀라 고개를 저었다.

"이건 단순한 우연이 아니야. 누군가가 그들에게 알려주지 않고선 불가능해."

발굴 현장에서 한 연구원이 책장을 넘기며 말했다. 동료가 낮은 목소리로 답했다.

"그 누군가가 바로 우리가 찾는 하늘의 손님일 수도 있지."

순간 텐트 안의 공기가 묘하게 무거워졌다.

아즈텍인들 또한 하늘에 집착했다. 그들의 신전은 태양의 움직임에 맞추어 설계되었고, 특정한 날에는 해가 피라미드의 중앙 계단에 정확히 겹쳐 빛을 뿜어냈다. 그것은 단순한 건축학적 기교가 아니라, 천체의 궤도를 철저히 이해한 결과였다. 한 탐험가가 피라미드 앞에서 손을 들어 태양과 그림자를 가리키며 말했다.

"지금 해가 계단에 걸린 걸 봐. 이건 우연일 수 없어. 의도적으로 맞춘 거야."

동료가 고개를 끄덕이며 대답했다.

"맞아. 그리고 그 의도를 알려준 건 인간이 아닐 수도 있지."

고대인들은 왜 이렇게 집요하게 하늘을 기록했을까. 그들의 삶은 농사와 밀접했지만, 농사만으로 설명하기 어려운 정도의 정밀함이 있었다. 마치 하늘의 손님들이 자신들의 고향을 기억하듯 별의 위치를 남겨두고 간 것처럼 보였다. 별은 단순한 길잡이가 아니라, 신의 메시지이자 외계에서 온 방문자의 흔적이었을지도 모른다. 그리고 그 흔적은 지금도 사원과 문헌 속에 고스란히 남아 있다.

오늘날에도 연구원들은 마야와 아즈텍의 천문학 지식이 어떻게 가능했는지를 두고 논쟁한다. 우연이라고 하기엔 지나치게 정

확하고, 단순한 관찰이라고 하기엔 너무나 방대하다.

"별과 행성을 꿰뚫어 본 그들의 눈은 정말 인간의 것이었을까."

한 연구원이 밤하늘을 올려다보며 말했다. 그의 옆에서 동료가 조용히 대답했다.

"어쩌면 그건 인간의 눈이 아니라, 하늘에서 내려온 자들이 남긴 시선일지도 몰라."

그리고 그 말은 마치 오래된 전설의 메아리처럼 별빛 속에 흩어졌다.

05

외계에서 전해진 지식이라는 전설

    고대 마야와 아즈텍 문명은 단순히 농경 사회의 산물이 아니었다. 그들은 돌을 다루는 기술을 넘어 수학과 천문학, 달력 체계까지 놀라운 수준으로 발전시켰다. 그런데 이 지식이 어디에서 비롯되었는지는 여전히 풀리지 않는 수수께끼다. 전승에 따르면 하늘에서 내려온 신들이 인간에게 문명을 전했다고 한다. 불을 다루는 법, 곡식을 심는 법, 별을 읽는 법, 심지어 건축술까지. 이 모든 것은 인간 스스로 축적했다고 보기에는 너무나 비약적이었다. 그래서 사람들은 그 지식이 외계에서 전해졌다는 전설을 믿게 되었다.

    탐사대가 들어간 어느 신전의 벽화에는 빛을 두른 형상이 무릎 꿇은 사람들에게 무엇인가를 건네는 장면이 새겨져 있었다. 그 형상의 손에는 둥글고 빛나는 구체가 들려 있었고, 사람들은 그것을 받으며 고개를 숙이고 있었다. 한 탐험가가 벽화를 손전등으로 비추며 중얼거렸다.

"저건 단순한 제례 장면이 아니야. 무언가 중요한 걸 전달하고 있어."

동료가 조심스럽게 말했다.

"저 구체가 지식 그 자체였을까. 아니면 하늘에서 온 도구였을까. 뭔가를 가르쳐주는 장면이라는 건 분명해 보여."

그들의 대화는 신전의 고요 속에 묘한 긴장감을 남겼다.

케찰코아틀, 깃털 달린 뱀 신의 전승은 특히 흥미롭다. 그는 인간에게 곡식의 씨앗을 심는 법을 알려주었고, 불을 다루는 법을 가르쳤다. 더 나아가 달력과 수학적 계산 방법을 전했다고 한다.

"이 정도 지식은 보통 수백 년, 수천 년에 걸쳐 발전해야 하는데, 마야 문명은 너무 갑작스럽게 나타났어."

한 탐험가가 속삭였다. 다른 이가 고개를 끄덕이며 대답했다.

"맞아. 누군가 씨앗을 뿌려준 게 아닐까. 그게 바로 하늘에서 온 존재들이었을지도 몰라."

두 사람의 목소리는 흥분과 두려움이 뒤섞여 있었다.

아즈텍 기록에는 더 구체적인 묘사도 남아 있다. 하늘에서 금속 같은 몸을 가진 존재가 내려왔고, 그가 별의 움직임을 설명해 주었다는 이야기다. 그는 눈부신 빛을 발산하며 사람들 앞에 섰고, 떠날 때는 하늘로 다시 올라갔다고 한다.

"이건 외계인의 방문을 그대로 묘사한 게 아닐까."

한 탐험가가 기록을 가리키며 말했다. 동료가 진지하게 대답했다.

"신화라는 틀에 가두면 상징처럼 보일 수 있지. 하지만 있는 그대로 읽으면, 실제 목격담 같아."

탐험가들의 시선이 서로 마주쳤고, 잠시 침묵이 이어졌다.

마야 달력의 정밀함은 이 전설의 신빙성을 더욱 높인다. 그들은 태양의 주기뿐 아니라 금성의 공전 주기까지 정확히 산출했다. 현대 학자들조차 감탄할 정도의 수치였는데, 이는 단순한 관찰로는 설명하기 어렵다. 한 탐험가가 천문학 기록을 펼쳐 보이며 말했다.

"584일, 금성의 주기가 정확히 기록돼 있어. 단순히 하늘을 올려다보는 걸로는 얻기 힘든 수치야."

동료가 낮은 목소리로 속삭였다.

"그건 누군가 알려줬다는 증거일지도 몰라. 우리가 아직 이해하지 못한 방문자들 말이야."

이런 전설들은 단순히 신화를 넘어 문명의 성장과 직결된다. 농경법, 천문학, 건축술이 한 문명에서 동시에 폭발적으로 발전한 사례는 드물다.

"너무 빠르잖아. 자연스럽게 발전했다면 이렇게까지는 안 돼."

한 탐험가가 손으로 벽화를 쓰다듬으며 말했다. 다른 이가 씁쓸하게 웃으며 대답했다.

"그 빠름은 어쩌면 외부에서 흘러들어온 지식 때문이겠지. 하늘의 신들이 아니라, 외계의 손님들 말이야."

그 말은 농담처럼 들렸지만, 벽 속에 남아 있는 형상은 그 농담을 진지한 질문으로 바꿔버렸다.

오늘날에도 이 질문은 계속된다. 고대 문명이 어떻게 갑자기 꽃피울 수 있었는가. 우연과 인간의 창의력일까, 아니면 외부에서 전해진 지식의 결과일까. 답은 여전히 알 수 없지만, 신전의 돌벽은 그 물음을 담은 채 수천 년을 버텨왔다. 그리고 그 돌은 마치 속삭이는 듯했다.

"우리가 가진 지식은 하늘에서 온 것이다. 그러나 그 진실을 감당할 수 있을 때까지 너희는 알 수 없을 것이다."

06
신들이 남긴 흔적을 좇는 사람들

 고대 문명이 남긴 가장 강렬한 유산은 돌과 흙으로 만든 건축물이 아니다. 오히려 수천 년이 지난 지금도 사람들을 사로잡는 것은 '흔적'이다. 마야와 아즈텍의 신전과 피라미드, 벽화와 문헌 속에는 하늘에서 내려온 존재들의 이야기가 곳곳에 새겨져 있다. 그리고 지금도 수많은 탐험가, 학자, 심지어 모험심 가득한 여행자들이 그 흔적을 좇고 있다. 그들의 여정은 단순한 학문적 호기심을 넘어서, 인류의 기원과 외계와의 연결 고리를 찾으려는 탐구심에서 비롯된다.

 밀림 깊숙한 곳에서 탐사팀은 이끼와 덩굴에 가려진 신전을 발견했다. 돌계단은 거의 무너져 있었지만, 벽면에는 여전히 기묘한 조각들이 남아 있었다. 연구원이 손으로 흙을 털어내며 말했다.

 "여길 봐. 마치 누군가가 하늘에서 내려오는 걸 새긴 것 같아."

다른 연구원이 고개를 갸웃하며 대답했다.

"단순히 신화적인 장면일 수도 있지. 하지만 저 구체와 빛줄기 같은 형상은 평범한 종교적 상징치곤 너무 구체적이야."

그들의 목소리에는 설렘과 의문이 동시에 담겨 있었다.

오늘날에도 고대 신들의 흔적을 좇는 이들은 많다. 일부는 고고학자의 신분으로 공식적인 탐사를 진행하고, 또 다른 일부는 모험가처럼 금단의 구역에 뛰어들기도 한다. 어떤 이는 신전에서 발견한 문양이 실제 별자리와 완벽히 일치한다고 주장한다.

"봐, 이 별자리 배열. 지금 하늘에서 보는 것과 거의 같아."

한 연구원이 손가락으로 벽의 문양을 따라가며 말했다. 동료가 눈을 크게 뜨며 대답했다.

"정말이네. 수천 년 전 사람들이 이걸 새겼다는 건 믿기 힘들어. 마치 하늘에서 본 걸 그대로 옮겨놓은 것 같아."

 신들의 흔적을 좇는 여정은 종종 위험하기도 했다. 깊은 밀림 속, 뱀과 벌레가 가득한 습한 공기 속을 헤치고 나가야 했고, 때로는 현지인들조차 금기로 여기는 장소에 발을 들여야 했다. 하지만 그런 위험조차 탐험가들을 막지는 못했다. 그들은 자신들이 찾는 것이 단순한 돌이나 흙덩이가 아니라, 인류 역사 속에 숨겨진 진실이라는 걸 알고 있었기 때문이다.

 "만약 우리가 그 흔적을 완전히 밝혀낸다면, 역사가 송두리째 바뀔 거야."

 탐험대의 한 젊은 연구원이 말했다. 동료가 씁쓸하게 웃으며 대답했다.

"맞아. 하지만 그 진실을 세상이 받아들일 준비가 됐을지는 의문이야."

신들의 흔적을 좇는 이들은 단순히 과거를 연구하는 사람들이 아니다. 그들은 미래를 준비하는 사람들이기도 하다. 과거에 하늘에서 내려와 인간에게 지식을 전했다면, 언젠가 그들은 다시 돌아올지도 모른다. 그 흔적을 좇는 것은 단순한 추억이 아니라, 미래를 향한 예언을 해독하는 일일지도 모른다.

"만약 그들이 돌아온다면, 우리는 어떻게 해야 하지."

한 연구원이 캠프의 불빛 아래서 물었다. 동료가 잠시 침묵하다 대답했다.

"아마도 그때는 우리가 더 이상 그들을 신이라 부르지 않겠지. 대신 동등한 존재로 만나야 할 거야."

오늘날에도 수많은 기록과 발굴이 이루어지고 있지만, 신들의 흔적은 여전히 완전하게 밝혀지지 않았다. 오히려 새롭게 발견될수록 더 많은 의문이 따라왔다. 왜 특정한 별자리와 연결된 흔적들이 반복적으로 등장하는가. 왜 고대인들은 하늘에서 내려오는 존재들을 그렇게 자세히 새겼는가. 왜 문명은 너무나 갑작스럽게 꽃피웠다가 사라졌는가. 이 질문들 속에서, 사람들은 계속해서 신들의 흔적을 좇는다. 그리고 그 흔적은 마치 우리에게 속삭이듯, 여전히 풀리지 않는 비밀을 품고 있다.

07
오늘날에도 이어지는 하늘 신의 이야기

　마야와 아즈텍의 하늘 신 이야기는 단순히 고대 문헌 속에서만 살아 있는 것이 아니다. 놀랍게도 오늘날에도 여전히 사람들 사이에서 이어지고 있다. 멕시코와 중앙아메리카의 마을에서는 지금도 '하늘에서 내려온 신'에 관한 축제가 열리고, 전설 속 인물의 이름이 노래와 춤으로 재현된다. 원주민 노인들은 불가사의한 별빛을 가리키며 손주들에게 이렇게 말한다.

　"저기 저 별은 신들이 다시 돌아올 때 열리는 문이야."

　이 전승은 마치 과거와 현재를 잇는 다리처럼 살아 숨 쉬고 있다.

　탐사팀이 현지의 작은 마을을 찾았을 때, 주민들은 정성껏 마련한 제단 앞에서 하늘을 향해 기도를 올리고 있었다. 연기가 피어오르는 가운데, 한 노인이 천천히 말을 이었다.

"우리 조상들은 신들이 하늘에서 내려와 지혜를 주었다고 믿었지. 그리고 언젠가 다시 올 거라고 말했어."

젊은 연구원이 호기심 어린 눈빛으로 물었다.

"정말 지금도 그렇게 믿고 계신 건가요?"

노인은 고개를 끄덕이며 대답했다.

"믿음만이 아니야. 밤하늘에서 빛이 춤추는 걸 본 사람도 있어. 그것은 조상들이 말하던 하늘 신들의 징표야."

오늘날에도 UFO 목격담은 이 지역에서 꾸준히 보고된다. 특히 고대 신전 근처에서 이상한 빛이나 원형의 물체가 목격되었다는 증언은 놀랍도록 많다.

"몇 년 전, 친구와 함께 신전 근처를 걷다가 하늘에서 둥근 불빛이 내려오는 걸 봤어요."

현지 청년이 흥분한 목소리로 말했다. 탐사팀의 한 연구원이 되묻자 그는 단호히 고개를 끄덕였다.

"분명히 보였어요. 소리도 없었고, 그냥 떠 있다가 갑자기 사라졌죠. 할아버지가 늘 말하던 신들의 수레 같았어요."

연구원들은 서로를 바라보며 속삭였다.

"고대 전설이 단순히 신화가 아닐 수도 있어."

하늘 신 이야기는 종종 꿈과 환시의 형태로도 이어진다. 어떤 현지인은 별빛 아래서 기도를 올리던 중, 커다란 날개와 빛나는 눈을 가진 존재가 자신 앞에 나타났다고 증언했다. 그는 그것을 케찰코아틀이라 불렀다.

"그가 내게 말했다. 우리는 다시 돌아올 것이다. 인간은 하늘의 자식이다."

이 증언은 단순한 환상일 수도 있지만, 사람들은 신비롭게 받아들였다. 연구원들 사이에서도 의견이 엇갈렸다.

"단순한 심리적 현상일 수 있어."

"아니, 고대와 현대의 이야기가 이렇게 똑같이 반복되는 건 우연치고는 너무 이상해."

이야기는 현대의 문화 속에서도 살아 있다. 멕시코의 축제에서 퍼레이드 행렬이 시작되면, 깃털 장식과 빛나는 의상을 입은 배

우들이 하늘 신의 귀환을 재현한다. 아이들은 그 모습을 보며 눈을 크게 뜨고, 어른들은 전통 노래를 부른다.

"이건 단순한 공연이 아니야. 신들이 주었던 지혜를 잊지 않기 위한 약속이야."

한 주민이 연구원에게 말했다. 젊은 연구원이 감탄하며 대답했다.

"놀랍네요. 과거의 전설이 이렇게 생생하게 살아 있다는 게."

오늘날에도 이어지는 하늘 신의 이야기는 단순한 옛 신화를 넘어선다. 그것은 수천 년의 시간을 넘어, 인간과 하늘의 관계를 설명하려는 또 다른 방식이다. 고대인들이 본 것은 실제 하늘의 손님이었을까, 아니면 인간의 상상력이 만들어낸 신화였을까. 답은 여전히 알 수 없지만, 한 가지 분명한 것은 이 전설이 아직도 살아 있다는 사실이다. 그리고 그 살아 있는 이야기는 지금도 새로운 세대의 마음속에 불을 붙이고 있다. 밤하늘을 올려다보는 순간, 사람들은 묻는다.

"혹시 오늘도, 저기서 그들이 내려오지 않을까."

⑧
끝내 풀리지 않는 고대 문명의 비밀

 마야와 아즈텍 문명은 찬란하게 피어났다가 어느 날 갑자기 사라졌다. 밀림 속에 거대한 신전과 피라미드, 섬세한 벽화와 문헌을 남겼지만, 그들의 운명은 여전히 수수께끼다. 왜 그렇게 번성한 문명이 순식간에 붕괴했는지, 그 해답은 아직도 밝혀지지 않았다. 일부 학자들은 전염병이나 전쟁을 이유로 들고, 또 다른 이들은 기후 변화와 식량 부족을 주장한다. 하지만 이런 설명만으로는 그들의 급격한 몰락을 설명하기 어렵다. 오히려 사람들은 묻는다.

 "혹시 신들이 떠난 순간, 문명도 함께 무너진 것은 아닐까."

 탐사대가 어느 신전 안쪽의 봉인된 방을 열었을 때, 그 안에는 놀라운 그림이 새겨져 있었다. 거대한 존재들이 하늘로 떠오르는 장면, 그리고 사람들은 무릎을 꿇고 손을 뻗고 있었다. 한 연구원이 벽화를 가리키며 속삭였다.

"이건 신들이 떠나는 모습을 그린 것 같아."

옆에 있던 동료가 낮게 대답했다.

"만약 신이 문명을 떠났다면, 그 순간 사람들의 삶도 함께 무너졌겠지. 지도자와 지식이 동시에 사라진 거야."

두 사람은 서로를 바라보며 고개를 끄덕였다. 그 순간, 고대 문명의 몰락은 단순한 역사적 사건이 아니라 미스터리한 '이별'로 다가왔다.

마야 달력의 끝없는 계산은 또 다른 비밀을 품고 있었다. 그들의 달력은 수천 년 뒤까지 이어졌지만, 특정 시점에서 갑자기 멈춘다. 이 때문에 사람들은 '그날 신들이 돌아온다' 혹은 '문명이 새로운 길로 들어선다'는 예언을 믿었다. 한 연구원이 기록을 읽으며 말했다.

"달력은 단순히 시간을 기록하는 도구가 아니야. 어떤 메시지를 남긴 거지."

동료가 고개를 끄덕이며 덧붙였다.

"그 메시지는 우리가 해독하지 못한 경고일 수도 있어. 신들이 떠난 뒤에도 남겨진 단서일 거야."

두 사람의 대화는 오래된 돌벽에 부딪혀 울려 퍼졌다.

아즈텍 전승 속에도 비슷한 흔적이 남아 있다. 하늘에서 내려온 신들이 언젠가 다시 돌아온다는 약속을 남기고 사라졌다는 이야기다. 그래서 스페인 정복자가 처음 도착했을 때, 아즈텍인들이 그들을 신으로 착각했다는 전설이 생겨났다. 물론 역사는 냉혹하게 흘렀고, 아즈텍 문명은 철저히 파괴되었다. 하지만 그 속에도 신들이 떠난 자리의 허망함이 겹쳐져 있었다.

"우리가 본 것은 단순한 정복의 기록이 아니야. 신들의 빈자리를 채우려 했던 비극이었어."

한 연구원이 낮게 말했다. 동료가 조용히 대답했다.

"결국 문명이 무너진 게 아니라, 신과 함께한 시대가 끝난 거지."

오늘날에도 마야와 아즈텍의 비밀은 사람들을 끌어당긴다. 신전 위에 서 있으면, 누구나 저 하늘에서 무언가가 내려오거나 떠올랐을 것 같은 착각에 사로잡힌다.

"혹시 그들이 지금도 우리를 지켜보고 있을까."

탐험대의 젊은 연구원이 묻자, 동료가 잠시 하늘을 올려다보았다.

"어쩌면 이미 곁에 있는지도 몰라. 단지 우리가 알아채지 못할 뿐이지."

그 말은 농담처럼 들렸지만, 고대 신들의 흔적 속에 서 있는 순간만큼은 진심으로 느껴졌다.

고대 문명의 몰락은 아직도 설명되지 않는다. 자연재해, 전쟁, 전염병이라는 가설은 있지만, 수수께끼 같은 증거들은 여전히 남아 있다. 신들이 떠나자 문명도 꺼져버린 듯한 흔적. 달력과 벽화 속에 남겨진 신비한 메시지. 하늘과 땅을 이어주던 제단의 흔적들. 그 모든 것은 하나의 질문으로 수렴된다.

"마야와 아즈텍의 문명은 인간의 힘으로만 세워진 것이었을까, 아니면 하늘에서 내려온 손님과 함께한 결과였을까."

답은 아직 알 수 없지만, 확실한 것은 그 비밀이 오늘날까지도 풀리지 않은 채 남아 있다는 것이다.

5장

수메르인과 아눈나키 전설

01
인류 최초 문명에 남은 기록

티그리스와 유프라테스 강 사이의 비옥한 땅, 메소포타미아는 인류 최초의 문명이라 불린 수메르인의 고향이었다. 그들은 진흙 벽돌로 도시를 세우고 점토판 위에 쐐기문자를 남겼다. 그런데 단순한 농업 기록이나 세금 장부만이 아니라, 이해할 수 없는 이야기들이 새겨져 있었다. 하늘에서 내려온 자들이 인간에게 지식을 주었고, 거대한 건축물과 제도를 만들게 했다는 내용이었다. 사람들은 그것을 '신'의 이야기라 불렀지만, 그 묘사는 인간과는 다른 존재를 가리키는 듯했다.

발굴 현장에서 연구원들이 점토판을 번갈아 들여다보며 속삭였다.

"여길 봐. 아눈나키라는 이름이 자꾸 반복돼."

동료가 고개를 끄덕이며 말했다.

"맞아. 그들이 하늘에서 내려와 인간에게 문자를 가르쳤다고 기록돼 있어. 그런데 글 속에서 하늘은 단순한 신화적 상징이 아니라 실제로 '별에서 왔다'고 표현돼 있어."

그 순간 공기는 묘하게 무거워졌다. 신화라기엔 너무 구체적이고, 역사라기엔 너무 기묘한 흔적이었다.

수메르의 도시 우루크와 우르는 신전과 지구라트로 유명했다. 하지만 지구라트 꼭대기에 남겨진 흔적은 단순히 제사의 장소로만 보이지 않았다. 높은 탑 위에서 하늘을 향해 기도하는 모습은 마치 위에서 내려올 존재를 맞이하기 위한 의식 같았다.

"지구라트는 하늘과 땅을 잇는 계단일지도 몰라."

한 연구원이 중얼거리자, 옆에 있던 동료가 대꾸했다.

"단순히 신을 모시는 곳이었겠지. 하지만 왜 굳이 저렇게 높게 쌓았을까. 하늘을 가까이하려는 것 외에 다른 이유가 있지 않았을까."

그들의 시선은 지구라트 꼭대기 어딘가를 꿰뚫듯 바라보고 있었다.

점토판 속 아눈나키의 묘사는 놀라울 정도로 구체적이었다. 그들은 하늘에서 불빛을 타고 내려왔으며, 인간보다 훨씬 크고 강력한 존재로 그려졌다. 어떤 기록에는 그들이 금속 같은 옷을 입고 빛나는 도구를 들고 있었다는 묘사도 있었다. 이는 단순한 의인화일까, 아니면 고대인들이 본 실제 장면의 기록일까.

"여기 이 부분을 봐. 손에 든 도구에서 불이 뿜어져 나오고 있어."

연구원이 손가락으로 가리키자 동료가 놀란 표정으로 고개를 끄덕였다.

"무기일 수도 있고, 에너지를 다루는 장치일 수도 있어. 하지만 어떻게 이런 상상을 했을까."

수메르 문명은 단순히 농업을 발전시킨 집단이 아니었다. 그들은 이미 천문학과 수학을 발전시켰고, 행성과 별의 움직임을 정밀하게 기록했다. 고대 기록에는 육안으로는 볼 수 없는 천체의 위치까지 담겨 있었다.

"이건 단순히 우연이 아니야. 망원경이 없던 시대에 어떻게 이런 계산이 가능했을까."

한 연구원이 감탄하자, 다른 동료가 낮은 목소리로 대꾸했다.

"혹시 그 지식을 전해준 게 아눈나키라면 어떨까. 인간 스스로는 불가능했을 테니까."

그 말은 농담처럼 들렸지만, 발굴 현장의 침묵은 농담을 받아들이지 않았다.

수메르 기록 속에는 또 다른 이야기가 있었다. 인간이 본래 신들의 노동을 대신하기 위해 만들어졌다는 내용이었다. 흙과 피를 섞어 인간을 창조했다는 신화는 단순한 상징일 수도 있지만, 사람들은 그것을 '유전적 개입'의 기록으로 해석하기도 했다.

"이 구절을 보면 마치 실험을 하는 것 같아. 흙을 빚고 피를 섞어 생명을 만들었다니."

연구원이 중얼거리자, 동료는 팔짱을 끼며 대답했다.

"고대인들이 이해하지 못한 어떤 과정을 본 걸지도 몰라. 그리고 그걸 자신들의 언어로 기록한 거겠지."

하지만 그 과정이 실제로 무엇이었는지는 아무도 알 수 없었다.

오늘날에도 수메르 문명은 여전히 풀리지 않는 수수께끼로 남아 있다. 그들의 기록은 단순한 신화로 치부하기엔 너무 구체적이고, 역사적 사실로 인정하기엔 너무 기묘하다. 아눈나키라는 이름은 여전히 사람들의 호기심을 자극하며, 고대 문명과 외계 문명을 잇는 다리처럼 언급된다. 신들이 남긴 흔적일까, 아니면 고대인의 상상력이 남긴 거대한 이야기일까. 답은 아직 알 수 없지만, 수메르 문명은 인류 최초의 기록 속에 하늘에서 내려온 자들의 그림자를 뚜렷이 남기고 있다.

02

하늘에서 내려온 존재들의 이야기

수메르 문명에서 가장 신비로운 점은 그들의 기록 속에 반복적으로 등장하는 '하늘에서 내려온 자들'이다. 그들은 아눈나키라 불렸고, 인간보다 크고 강하며 빛나는 옷을 입고 있었다고 한다. 이 존재들은 단순히 하늘을 다스리는 신으로 그려진 것이 아니라, 직접 땅에 내려와 사람들과 함께 생활하며 지식을 나눠준 존재로 묘사되었다. 점토판 곳곳에는 그들이 금속 같은 장비를 착용하고 있으며, 손에는 불빛을 내뿜는 도구를 들고 있는 모습이 새겨져 있었다. 이 장면은 신화로 치부하기에는 너무 구체적이었다.

발굴된 점토판을 들여다보던 연구원이 낮게 말했다.

"여기 나오는 표현을 봐. '그들이 하늘에서 내려와 도시를 세웠다'고 적혀 있어."

동료가 의아한 표정을 지으며 물었다.

"하늘에서 내려왔다는 게 단순한 상징일까, 아니면 진짜로 하늘을 날아왔다는 의미일까."

연구원은 잠시 침묵하다가 대답했다.

"글쎄. 하지만 그들이 인간에게 곡식 재배와 건축 기술을 가르쳤다는 기록은 단순한 비유로 보이지 않아. 너무 세세하게 묘사되어 있거든."

수메르 신화 속에서 아눈나키는 단순히 인간을 다스리는 신적 존재가 아니었다. 그들은 인간과 직접 대화하며 농사짓는 법, 별을 읽는 법, 심지어 법과 질서를 세우는 법까지 알려주었다고 한다. 고대인들이 상상만으로 이런 지식을 떠올릴 수 있었을까. 한 연구원이 자료를 읽으며 중얼거렸다.

"이건 마치 교과서 같아. 아눈나키가 선생처럼 지식을 가르쳐 준 것 같아."

옆에 있던 동료가 맞장구쳤다.

"그렇다면 수메르 문명이 갑자기 이렇게 발전한 것도 설명이 되지. 누군가 외부에서 지식을 전해준 거라면."

두 사람은 서로 눈빛을 교환하며 깊은 호기심에 빠졌다.

아눈나키가 내려왔다는 장면은 단순히 글로만 남아 있지 않았다. 신전의 부조와 벽화에는 하늘에서 빛을 타고 내려오는 존재의 모습이 생생하게 새겨져 있었다. 어떤 그림은 분명히 하늘에서 큰 물체가 내려오는 듯한 모습을 보여주었다. 그 앞에 무릎을 꿇고 손을 뻗은 인간들의 모습은 경외심과 두려움을 동시에 담고 있었다.

"이건 단순히 태양신을 숭배하는 장면과 달라."

연구원이 그림을 가리키며 말했다. 동료가 고개를 끄덕이며 대답했다.

"맞아. 태양 숭배라면 원형의 태양만 표현했을 거야. 하지만 이건 뭔가가 내려오고, 사람들이 그걸 맞이하는 장면이야."

더 놀라운 것은 이 존재들이 인간과 결혼하거나, 인간과 자손을 남겼다는 기록이었다. 아눈나키와 인간의 피가 섞여 새로운 왕들이 태어났다고 전해진다. 수메르의 왕명록에는 하늘에서 내려온 신들과 인간 사이에서 태어난 왕들의 이름이 등장한다.

"여길 봐. '왕들은 하늘에서 권위를 받았다'는 표현이 있어."

연구원이 지적하자 동료가 흥미롭게 말했다.

"그 말은 왕이 단순히 정치적 지도자가 아니라, 신과 인간의 다리라는 뜻일지도 몰라."

이런 기록은 단순히 신화를 넘어, 실제로 신과 인간이 섞였다는 믿음을 보여주었다.

탐사팀이 현장에서 현지 가이드와 이야기를 나눌 때도 마찬가지였다.

"우리에겐 전설이 있어요."

가이드는 눈을 반짝이며 말했다.

"하늘에서 내려온 자들이 우리 조상에게 글과 음악, 수학을 가르쳐줬다고요. 그래서 지금도 별을 올려다보며 그들의 귀환을 기다려요."

연구원이 웃으며 물었다.

"지금도 그들을 믿는 사람들이 많나요?"

가이드는 단호하게 고개를 끄덕였다.

"네. 우리 조상은 신화를 지어내지 않았어요. 그들은 진짜 있었던 일을 기록했을 뿐이에요."

오늘날에도 아눈나키는 음모론과 대중문화 속에서 끊임없이 회자된다. 어떤 사람들은 그들이 단순한 신화가 아니라 외계 문명의 방문자였다고 주장한다. 또 다른 이들은 인간 스스로 만들어낸 상상의 산물일 뿐이라고 반박한다. 하지만 수메르인들이 남긴 기록은 여전히 놀라운 구체성을 지닌다.

"우리가 지금 보고 있는 건 단순한 전설일까, 아니면 실제 사건의 흔적일까."

연구원의 이 물음은 여전히 공기 속에 메아리쳤다.

수메르인들은 하늘에서 내려온 존재들의 이야기를 단순히 숭배의 기록으로 남기지 않았다. 그것은 삶의 전부였고, 그들의 사회와 법, 신앙을 지탱하는 기둥이었다. 오늘날 우리는 그것을 신화라 부르지만, 그들에게는 엄연한 역사였다. 하늘에서 내려온 자들의 이야기는 아직 끝나지 않았다. 그리고 지금도 그 흔적은 점토판과 신전, 그리고 별빛 아래에서 이어지고 있다.

03
인류를 지배했다는 신들의 전설

수메르의 점토판을 연구하다 보면 유난히 눈에 띄는 부분이 있다. 그것은 인간이 스스로 역사를 개척한 것이 아니라, 하늘에서 내려온 존재들의 통치를 받았다는 기록이다. 왕명록에는 '하늘에서 왕권이 내려왔다'는 문장이 반복적으로 등장한다. 이 표현은 단순한 비유라기엔 너무 일관되며, 실제로 인간이 아닌 존재가 지배자였다는 듯한 분위기를 풍긴다. 왕명록에 기록된 초기 왕들의 수명은 수천 년에 달했고, 보통 인간으로서는 불가능한 긴 세월이었다.

발굴 현장에서 연구원 하나가 책자를 들여다보며 말했다.

"여기 나오는 수명 수치를 봐. 몇 천 년을 살았다는 왕이 여럿 있어."

다른 동료가 미간을 찌푸리며 대꾸했다.

"그건 신화적 과장이겠지. 하지만 이렇게 체계적으로 나열된 건 이상해. 마치 실제로 오래 산 존재들의 기록 같아."

그들은 점토판을 번갈아 보며 침묵에 잠겼다. 인간이 아닌 다른 존재, 그것도 하늘에서 내려온 신적 존재들이 직접 인간 사회를 지배했을 가능성. 그 생각만으로도 등골이 서늘해졌다.

아눈나키가 인류를 지배했다는 이야기는 단순히 왕명록에만 남아 있지 않았다. 신화와 서사시 속에도 신들이 인간에게 농사를 짓게 하고, 건축을 하게 하고, 때로는 전쟁까지 일으켰다는 기록이 있었다. 인간은 신들을 위해 음식을 바치고 노동을 제공했다. 아눈나키는 마치 감독자처럼 인간을 관리하며, 불복하는 자에게는 하늘의 불을 내렸다고 전해진다. 이 이야기는 종종 신과 인간의 관계를 넘어, 주인과 종의 관계처럼 묘사된다.

한 연구원이 신화의 한 구절을 소리 내어 읽었다.

"'그들은 인간에게 일을 시켰다. 인간은 신들의 짐을 짊어졌다.' 이게 단순히 신화일까?"

동료가 어깨를 으쓱하며 대답했다.

"만약 정말로 그런 존재가 있었다면, 인간은 그저 하늘에서 내려온 존재들의 하인에 불과했을지도 몰라. 자유로운 존재가 아니라, 만들어진 존재였던 거지."

순간 연구원들의 눈빛이 복잡하게 흔들렸다. 고대의 화려한 문명 뒤에는 인간의 의지가 아니라, 외부의 힘이 작용했을지도 모른다는 생각이 스쳤기 때문이다.

왕명록에 기록된 기묘한 부분 중 하나는 '왕권이 내려온 장소'였다. 어떤 기록은 하늘의 특정 별자리와 연관이 있었고, 어떤 기록은 거대한 불빛과 함께 왕이 즉위했다는 내용을 담고 있었다.

"여길 봐. 왕이 즉위할 때마다 하늘에서 불빛이 내려왔다고 적혀 있어."

연구원이 말하자 동료가 고개를 갸웃거렸다.

"즉위식에 불꽃놀이 같은 게 있었던 걸까. 아니면 실제로 하늘에서 뭔가가 내려온 걸까."

두 사람은 시선을 주고받았지만 쉽게 결론을 내리지 못했다.

또 다른 점토판에는 인간이 신들을 위해 거대한 도시와 신전을 세우는 장면이 그려져 있었다. 사람들은 벽돌을 쌓고, 신적 존재는 그들을 내려다보며 지시를 내리는 모습이었다.

"이건 너무 노골적이지 않아? 신이 인간에게 직접 지시하는 장면이라니."

연구원이 감탄 섞인 목소리로 말하자 동료가 진지하게 대꾸했다.

"만약 이게 실제 기억의 조각이라면, 인류 문명의 시작은 우리

힘으로 이루어진 게 아닐 수도 있어."

그 말은 공기 속에 무겁게 가라앉았다.

수메르 신화에서 인간은 자유로운 존재가 아니라, 신들의 필요에 의해 만들어진 존재였다. 노동을 대신하기 위해 창조되었고, 왕은 하늘의 권위를 부여받아 인간을 다스렸다. 오늘날 우리는 이것을 신화라고 부르지만, 수메르인에게는 역사이자 현실이었다. 아눈나키가 인류를 지배했다는 전설은 단순히 과거의 이야기가 아니라, 지금도 풀리지 않는 수수께끼로 남아 있다.

점토판에 새겨진 기묘한 별자리

 발굴 현장에서 햇빛을 받아 반짝이는 점토판 조각이 흙 속에서 드러났을 때, 연구원들의 눈빛은 단숨에 긴장으로 물들었다. 먼지를 털어낸 그 점토판에는 단순한 글자나 기록이 아니라, 하늘을 묘사한 듯한 도형이 빼곡히 새겨져 있었다. 별처럼 보이는 작은 점들이 일정한 간격으로 배열되어 있었고, 그 사이를 연결하는 선이 만들어낸 형상은 현대의 천문학자들도 쉽게 알아볼 수 있는 별자리와 닮아 있었다. 놀라운 것은 이 별자리들이 단순히 눈으로 볼 수 있는 별만을 묘사한 것이 아니라, 당시에는 보이지 않았을 천체까지 포함하고 있었다는 점이었다.

 연구원이 돋보기를 들고 점토판을 바라보며 낮게 중얼거렸다.

 "여기 봐. 이건 분명히 태양계야. 태양을 중심으로 돌고 있는 원들이 보이지 않아?"

옆에서 지켜보던 동료가 고개를 갸웃하며 물었다.

"근데 왜 행성이 아홉 개나 있지? 수메르 시대 사람들이 어떻게 저 바깥의 천체까지 알 수 있었을까."

연구원은 손가락으로 하나의 점을 가리키며 말했다.

"여기. 태양에서 일곱 번째에 있는 이건 분명히 천왕성이야. 맨눈으로는 보이지 않는데, 어떻게 그렸을까."

두 사람은 서로를 바라보며 침묵에 잠겼다.

점토판의 별자리는 단순히 장식적인 요소가 아니었다. 거기에는 분명한 지식과 계산이 담겨 있었다. 일부 선은 태양과 행성의 공전 궤도를 표현한 듯했고, 별자리의 위치는 계절의 변화와 맞아떨어졌다. 수메르인들이 농사를 지을 때 하늘을 기준으로 삼았다는 사실은 이미 알려져 있었지만, 이 정도로 정밀한 별자리지도를 남겼다는 것은 놀라운 일이었다.

"이건 그냥 우연일까. 아니면 누군가가 가르쳐준 걸까."

한 연구원이 혼잣말처럼 내뱉자, 옆에 있던 동료가 눈을 반짝이며 대답했다.

"혹시 아눈나키가 남긴 지식일지도 몰라. 하늘에서 내려온 존재들이라면 충분히 가능한 얘기잖아."

점토판을 따라가다 보면, 일부 부분은 현대의 천문학 지식과 너무나 정확히 일치했다. 예를 들어, 토성의 고리처럼 묘사된 원형 구조가 있었다.

"여기, 이 무늬를 봐. 토성을 나타낸 거라면, 고리까지 표현했다는 건데… 맨눈으로는 절대 보이지 않잖아."

연구원이 목소리를 떨며 말했다. 동료가 흥분을 감추지 못하고 손바닥을 치며 답했다.

"그렇다면 이건 단순히 밤하늘을 본 게 아니라, 실제로 천체를 가까이 본 기록일 수도 있어. 그렇다면 그 지식은 대체 어디서 온 걸까."

또한 점토판에는 '니비루'라 불리는 별의 이름이 기록되어 있었다. 일부 해석에 따르면 그것은 아직 발견되지 않은 제10의 행성을 가리킨다고 한다.

"니비루라는 건 뭘까. 우리 천문학에서 아직 발견하지 못한 천체일 수도 있어."

연구원이 물음을 던지자, 동료는 잠시 뜸을 들이다가 대답했다.

"만약 그렇다면, 수메르인들은 우리가 모르는 별까지 알고 있었다는 거네. 그 지식은 대체 어디서 배운 걸까. 직접 본 것도 아닐 텐데."

두 사람의 대화는 점토판 위에 새겨진 신비로운 별자리와 겹쳐지며, 점점 더 알 수 없는 수수께끼를 키워갔다.

수메르 신화에 따르면, 아눈나키는 하늘에서 내려와 인간에게 농사뿐 아니라 별을 읽는 법도 가르쳐주었다고 한다. 단순한 신앙이 아니라 실제 지식을 전달했다는 것이다. 그래서 점토판 속 별자리 기록은 단순한 상징이 아니라, 아눈나키가 남긴 천문학

교과서 같은 역할을 했을 가능성이 있었다. 이 전설을 접한 현대인들은 묻지 않을 수 없다.

"고대의 사람들이 어떻게 그런 지식을 알았을까. 혹시 정말 하늘에서 내려온 존재들이 가르쳐준 건 아닐까."

오늘날 과학자들은 점토판의 별자리를 단순히 상상력의 산물로 보기도 한다. 그러나 그 정확도와 세부적인 표현은 여전히 논란을 낳고 있다. 인류가 처음으로 하늘을 바라보고 기록했을 때, 그 기록 속에 이미 망원경으로만 볼 수 있는 천체들이 담겨 있었다는 사실. 그것은 여전히 풀리지 않는 수수께끼로 남아 있다. 고대의 기록은 단순히 신화가 아니라, 어쩌면 인류에게 전해진 외부의 메시지일지도 모른다.

05
고대인이 남긴 하늘 전쟁의 흔적

수메르의 점토판에는 농업, 왕명록, 신화 같은 일상적인 기록 외에도 놀라운 이야기가 남아 있다. 그것은 바로 하늘에서 벌어진 전쟁의 흔적이었다. 점토판 속 설형문자는 단순히 종교적 의식을 기록한 것이 아니라, 불타는 하늘, 땅 위에 떨어지는 불빛, 서로 맞서 싸우는 신들의 모습을 생생히 묘사하고 있었다. 마치 현대의 전쟁 기록처럼, 공격과 방어, 그리고 무기로 추정되는 빛의 묘사가 구체적으로 등장한다. 이 이야기를 접한 연구원들은 고개를 갸웃했다. 단순한 신화일까, 아니면 실제 목격된 현상을 기록한 것일까.

발굴터에서 점토판을 해석하던 한 연구원이 흥분된 목소리로 말했다.

"여기 봐. '하늘이 두 쪽으로 갈라지고, 불이 비처럼 쏟아졌다'

라고 적혀 있어."

동료는 곧장 반문했다.

"자연 현상을 표현한 건 아닐까? 화산 폭발이나 유성우 같은 거 말이야."

연구원은 고개를 저으며 손가락으로 다음 구절을 짚었다.

"'신들이 하늘의 무기를 겨루었다. 빛의 창이 땅을 가르고 강을 말리게 했다.' 이건 단순한 자연 현상 같지는 않아."

두 사람은 서로를 바라보며 묘한 전율을 느꼈다.

기록 속의 '빛의 창'이나 '하늘의 무기'라는 표현은 오늘날의 눈으로 보면 마치 레이저나 에너지 무기를 묘사한 것처럼 보인다. 또 다른 점토판에는 두 신이 서로 다른 하늘의 전함을 타고 맞섰다는 내용이 등장한다.

"여길 봐. 두 신이 '별의 배'를 타고 서로를 향해 불을 쏘았다고 적혀 있어."

연구원이 목소리를 높이자, 동료가 한숨을 내쉬며 중얼거렸다.

"이건 정말로 전쟁의 기록 같아. 하늘에서 내려온 존재들이 인간 세상 위에서 싸움을 벌였다는 얘기잖아."

순간 발굴 현장은 묘한 긴장감으로 가득 찼다.

수메르의 서사시 《길가메시 서사시》에도 신들의 갈등과 전투가 반복적으로 등장한다. 길가메시는 인간이지만, 신들의 분노와 전쟁에 휘말리며 삶의 궤적이 바뀌었다. 이 이야기들은 단순히 인간 세계의 전쟁을 반영한 것이 아니라, 하늘에서 벌어진 전투를 지상에 투영한 것일 수도 있다. 인간은 그 광경을 두려움 속에 바라보며 기록으로 남겼을 것이다.

"만약 진짜라면, 우리가 하늘에서 본 별빛 중 일부는 단순한 별이 아니라 전쟁의 흔적일 수도 있어."

한 연구원의 말은 듣는 이들의 등골을 서늘하게 만들었다.

고대인의 기록에는 또한 전쟁의 결과로 황폐해진 땅의 모습이 등장한다. 어떤 지역은 바다가 끓어올랐다고 하고, 어떤 지역은 바람이 멈추고 강이 말라붙었다고 적혀 있다. 이것이 단순한 과장인지, 아니면 실제 하늘 전쟁의 파괴적 여파인지 판단하기는 어렵다. 그러나 수메르인들은 분명 자신들이 직접 목격했거나 전해 들은 이야기를 점토판에 새겼다. 인간의 상상력으로만 보기엔 지나치게 구체적이고, 생생하며, 두려움을 담고 있었다.

오늘날 일부 학자들은 이를 외계 문명의 전쟁 흔적으로 해석하기도 한다. 아눈나키가 서로 다른 세력으로 나뉘어 지구에서 충돌했고, 인간은 그 싸움에 휘말린 목격자였다는 것이다. 그들의 전쟁은 단순히 신화적 상징이 아니라, 실제 사건이었을 수 있다. 수메르인들이 남긴 기록 속 하늘 전쟁은 지금도 수수께끼로 남아 있으며, 인류의 역사 속에 깊은 그림자를 드리우고 있다.

신비로운 유물에 담긴 아눈나키의 그림자

수메르 문명의 발굴 현장에서는 늘 의문을 던지는 유물들이 쏟아져 나온다. 점토판, 인장, 돌조각, 그리고 금속으로 만든 장식품까지. 그중 일부는 단순히 종교적 상징이나 장식으로 보기엔 지나치게 기묘한 형태를 하고 있다. 작은 유물 속에는 현대 과학으로만 이해할 수 있는 모양이 담겨 있고, 어떤 것은 마치 우주선을 축소해 놓은 듯 보였다. 특히 인장 도장에 새겨진 그림들은 아눈나키와 관련된 전설의 흔적을 구체적으로 보여주었다. 거대한 날개를 단 존재, 사람보다 큰 키를 가진 인물, 그리고 손에 이상한 도구를 들고 있는 모습이 반복되었다.

한 연구원이 인장 도장을 손에 들고 동료에게 물었다.

"이걸 봐. 저 작은 원형 안에 태양계와 닮은 모양이 새겨져 있어. 태양을 중심으로 도는 원들이 보이지 않아?"

동료가 고개를 끄덕이며 대답했다.

"응, 그런데 놀라운 건 행성의 수야. 맨눈으로는 볼 수 없는 천왕성이나 해왕성까지 있는 것처럼 보여. 고대인들이 어떻게 이런 걸 알았을까."

두 사람은 서로를 바라보며 잠시 말을 잇지 못했다. 그들의 손에 쥐어진 유물은 분명 고대인이 만든 것이지만, 담겨 있는 내용은 수천 년을 뛰어넘는 지식을 보여주고 있었기 때문이다.

또 다른 유물은 이상한 장비를 연상시키는 조각상이었다. 어떤 것은 헬멧처럼 보이는 머리 장식이 있었고, 또 어떤 것은 관절이 연결된 듯한 옷을 입은 인물이 새겨져 있었다.

"이건 그냥 의복 장식일 수도 있지 않을까?"

동료가 신중하게 말하자, 연구원은 손가락으로 헬멧 모양을 가리키며 반박했다.

"하지만 여길 봐. 이건 단순한 모자가 아니야. 관찰 창 같은 게 있고, 관을 연결한 흔적까지 있어. 마치 우주복 같지 않아?"

대화는 점점 흥분으로 이어졌고, 유물은 단순한 돌덩이가 아니라 아눈나키의 존재를 암시하는 증거처럼 다가왔다.

수메르 유물 속에는 현대인이 만든 기계 장치와 닮은 것들도 있다. 작은 원통 모양의 도자기 안에는 전극처럼 보이는 금속이 들어 있었는데, 이를 두고 일부 학자들은 '바그다드 전지'와 같은 고대 전기 장치일 가능성을 제기했다.

"만약 이게 정말 전기 장치라면, 아눈나키가 전기를 사용하는 법을 가르쳐준 건 아닐까?"

한 연구원의 물음에 동료는 잠시 침묵하다가 대답했다.

"그렇지 않고서는 설명하기 힘들어. 단순히 장식품이라고 보기엔 너무 정교해."

이 순간, 유물은 단순한 과거의 흔적이 아니라 인류가 알지 못했던 지식을 품은 상징으로 바뀌었다.

유물 속 그림에는 거대한 날개를 단 존재가 농업과 관개법을 인간에게 가르쳐주는 장면도 남아 있었다. 신이 인간에게 지식을 주는 모습은 수메르 신화 곳곳에 반복된다. 그러나 그 신들이 단순히 신화 속 존재가 아니라 하늘에서 내려온 아눈나키였다면, 이 유물들은 단순한 상징을 넘어 실제 역사적 증거일 수 있다. 연구원들은 유물을 바라보며 상상의 나래를 펼쳤다.

"만약 저들이 진짜로 존재했다면, 인류 문명의 시작은 그들 덕분일지도 몰라."

동료의 말은 믿기 어려웠지만 동시에 매혹적인 울림을 주었다.

오늘날에도 박물관에 전시된 수메르 유물들은 사람들의 발걸음을 붙잡는다. 어떤 이는 단순히 고대의 예술품으로 보고 지나가지만, 또 다른 이는 그 안에서 미스터리를 읽어낸다. 아눈나키의 그림자처럼 남아 있는 흔적은 수천 년의 세월을 넘어 오늘날까지도 인류에게 같은 질문을 던진다.

"이 유물은 누가 만들었는가. 그리고 왜 이런 형태를 하고 있는가."

답을 내릴 수는 없지만, 그 물음은 우리가 고개를 들어 하늘을 바라보게 만든다.

외계인과 인간이 만난 순간이라는 주장

 수메르의 전설을 따라가다 보면, 단순히 하늘에서 내려온 신들의 이야기로만 보기는 어려운 장면들이 등장한다. 그들은 인간과 눈을 마주쳤고, 손을 내밀었으며, 때로는 지식을 주고 때로는 노동을 요구했다. 이 만남의 기록은 단순한 신앙의 표현이 아니라 마치 실제로 두 존재가 마주 앉아 대화를 나눈 것 같은 구체성을 지니고 있다. 점토판 속 설형문자에는 '위대한 자들이 사람들의 곡식을 심는 법을 알려주었다'는 문장이 등장하며, 인간은 그들에게 '하늘에서 내려온 자들'이라는 이름을 붙였다. 이런 기록은 많은 이들에게 충격을 주었다.

 발굴 현장에서 점토판을 읽어 내려가던 연구원이 조용히 입을 열었다.

 "여기 봐. '그들은 강을 건너와 우리 앞에 섰고, 그들의 옷은 빛나고 있었다'라고 적혀 있어."

동료가 고개를 갸웃하며 물었다.

"옷이 빛났다고? 그냥 장식된 옷이 아니었을까?"

연구원은 미소를 지으며 다시 구절을 가리켰다.

"'그들이 입은 옷은 낮의 태양처럼 눈부셨고, 우리는 감히 눈을 들 수 없었다.' 단순한 장식 같지는 않지 않아?"

두 사람의 목소리에는 믿기 힘든 놀라움이 담겨 있었다.

수메르 전승에서는 아눈나키가 인간에게 다양한 지식을 전해 주는 장면이 반복된다. 관개법, 건축, 심지어 별의 움직임까지. 인간은 이를 단순히 신의 선물이라 여겼지만, 오늘날 우리가 읽으면 마치 발전된 기술자가 원시인에게 지식을 전수하는 모습처럼

보인다.

"만약 그 순간이 실제로 존재했다면, 인류 문명의 도약은 외부의 도움으로 가능했던 게 아닐까?"

연구원의 말에 동료는 잠시 침묵하다가 작게 대답했다.

"그렇다면 우리는 혼자 진화한 게 아니라는 얘기잖아."

그 짧은 대화는 마치 천둥 같은 울림을 주었다.

또한, 일부 점토판에는 인간과 신들이 함께 의식을 치르는 장면이 남아 있다. 제단 앞에서 인간이 음식을 바치고, 신이 그 옆에 서서 손을 내리는 모습이다. 이 장면은 단순한 제사가 아니라, 서로 교류하는 순간을 기록한 듯 보인다.

"여길 봐. 신과 인간이 함께 서 있어. 이건 그냥 숭배가 아니라 대화 같아."

연구원이 손가락으로 그림을 짚자, 동료가 고개를 끄덕였다.

"응, 마치 동등하게 무언가를 주고받는 것 같아. 이런 묘사는 흔치 않잖아."

벽화는 단순한 상징을 넘어선 살아 있는 기록처럼 다가왔다.

오늘날 일부 학자들은 이러한 기록을 외계인과 인간의 직접적인 만남으로 해석한다. 아눈나키는 단순한 신이 아니라 지구를 방문한 방문자였으며, 그 순간이 인류의 운명을 바꿔 놓았다는 주장이다. 그들의 기술은 인류 문명의 기초가 되었고, 인간은 그 만남을 기억 속에 '신화'라는 옷으로 입혔다.

"만약 그때 실제로 그들이 우리 앞에 있었다면, 지금 우리가 누리는 문명은 우리 것만이 아니야."

연구원의 말은 농담처럼 들렸지만, 눈빛은 진지했다.

수메르 문명의 기록 속 순간은 지금도 풀리지 않는 수수께끼로 남아 있다. 인간은 정말로 외계 존재와 마주했던 것일까. 아니면 단순한 상상과 신앙의 산물이었을까. 분명한 것은, 그들의 기록 속에는 다른 고대 문명에서는 찾아보기 힘든 구체성과 생생함이 있다는 점이다. 아눈나키와 인간이 만난 순간은 수천 년이 지난 지금도 여전히 사람들의 마음속에서 살아 숨 쉬고 있다.

08

지금도 살아 있는 아눈나키의 전설

　수메르에서 시작된 아눈나키의 이야기는 단순히 고대의 기록 속에만 머물지 않았다. 신화가 사라졌어야 할 세월이 흘렀는데도 불구하고, 전설은 변형되고 확장되며 지금까지 이어졌다. 그들의 이름은 바빌로니아와 아시리아를 거쳐 다른 문화에도 스며들었고, 오늘날에도 사람들은 여전히 '그들이 아직도 어딘가에 남아 있는 것 아니냐'는 질문을 던진다. 신비로운 유물과 벽화, 설명할 수 없는 기록들은 이 전설이 단순히 옛날 이야기가 아니라는 인상을 준다. 누군가는 그것을 음모론이라 부르고, 누군가는 미래를 향한 단서라 여긴다.

　발굴 보고서를 정리하던 연구원이 동료에게 말을 꺼냈다.

　"이상하지 않아? 이렇게 오래된 신화인데도 사람들은 여전히 아눈나키를 현실처럼 이야기해."

동료가 피식 웃으며 대답했다.

맞아. 인터넷만 봐도 알 수 있지. 외계인과 인류의 기원을 연결 짓는 수많은 영상과 글이 떠돌고 있잖아. 흥미로운 건, 사람들이 단순한 전설로 여기지 않는다는 거야."

그들의 대화는 고대와 현대가 교차하는 지점에서, 전설이 어떻게 지금도 살아 숨 쉬는지를 보여주었다.

20세기 들어, 아눈나키는 외계 문명과 직접 연결되는 존재로 다시 태어났다. 많은 저자와 연구원들이 그들을 인류의 창조자이자 지배자로 묘사했고, 대중문화 속에서도 반복적으로 등장했다. 영화와 소설, 그리고 다큐멘터리는 아눈나키를 단순한 신화적 존재가 아니라 실재했던 외계인으로 그려냈다.

"혹시 그들이 언젠가 다시 돌아올 거라고 믿는 사람들도 있지 않아?"

연구원이 조심스럽게 묻자, 동료는 고개를 끄덕였다.

"응. 마치 약속이라도 한 듯이 말이야. 그들이 돌아와 인류와 다시 접촉할 날이 올 거라고."

아눈나키 전설은 신비로운 힘을 가지고 있다. 그 이야기를 듣는 사람들로 하여금 '혹시 우리 기원이 다른 곳에 있는 건 아닐까'라는 생각을 품게 만든다. 고대 기록 속에서 그들은 인간과 함께 있었고, 지식을 나누었으며, 때로는 지배자처럼 군림했다. 오늘날에도 수많은 이들이 그들의 흔적을 찾으려 메소포타미아의 유적지를 방문한다. 연구원뿐만 아니라 일반인까지도 사막의 바람 속에서 여전히 아눈나키의 목소리가 들린다고 믿는다.

"만약 우리가 찾는 답이 이미 여기 있었다면 어떨까."

동료의 말은 모래 위에 메아리처럼 울려 퍼졌다.

오늘날에도 아눈나키 전설은 인류의 상상력을 사로잡는다. 단순한 고대 신화가 이렇게 오랜 세월을 넘어 다시 사람들의 입에 오르내리는 경우는 드물다. 이는 단순한 전설이 아니라 인류 집단 기억의 일부일 수도 있다. 신화 속에 남겨진 조각들이 지금도 사람들에게 신비로운 매력을 던지고 있는 것이다. 연구원은 마지막으로 기록을 덮으며 혼잣말처럼 속삭였다.

"아마도 그들은 단 한 번도 떠난 적이 없을지도 몰라."

이 말은 동료에게 농담처럼 들렸지만, 어디선가 오래된 돌벽이 속삭이는 듯한 묘한 울림을 남겼다.

아눈나키는 수메르에서 태어나 수천 년을 지나 오늘날까지 이어졌다. 과거의 신이자 외계의 존재로 불리며, 그들의 이야기는 여전히 끝나지 않았다. 사람들은 여전히 하늘을 올려다보며 묻는다.

"그들은 지금도 우리를 지켜보고 있는 걸까."

그 질문이 사라지지 않는 한, 아눈나키의 전설은 영원히 살아 있을 것이다.

6장

성서와 중세 기록 속 UFO

에제키엘이 본 불타는 수레

고대의 기록 속에서 가장 자주 회자되는 장면 중 하나는 바로 예언자 에제키엘이 본 불타는 수레다. 그는 바빌론 강가에서 하늘을 바라보던 순간, 갑자기 하늘이 열리고 신비한 형상이 내려오는 것을 목격했다고 기록으로 남겼다. 그 기록에는 '바퀴 속의 바퀴'라는 표현이 반복되며, 불길과 번쩍이는 빛, 그리고 바람처럼 몰아치는 소리가 묘사되어 있다. 수천 년이 지난 지금도 그 장면은 단순한 환상으로 보기에는 너무 구체적이고 세밀하다. 마치 누군가 실제 비행체를 목격한 듯한 생생함이 느껴진다.

에제키엘의 글을 살펴보던 한 연구원이 조용히 중얼거렸다.

"바퀴 속의 바퀴라니, 도대체 뭘 본 걸까. 단순히 신의 환영일까."

옆에 있던 동료는 이마를 찡그리며 대답했다.

"나는 오히려 이게 오늘날 우리가 말하는 UFO와 닮아 있다고 생각해. 둥근 원판 안에서 또 다른 구조물이 돌아가고 있었다는 건 마치 기계 장치처럼 보이지 않아?"

두 사람은 서로의 눈을 마주치며, 수천 년 전 기록이 오늘날의 과학적 상상과 겹쳐지는 순간의 섬뜩한 전율을 느꼈다.

성서 속 묘사에 따르면, 그 수레는 네 개의 거대한 바퀴를 가지고 있었는데 각 바퀴 안에는 또 다른 원형 구조가 있었다. 불길은 그 바퀴들 사이에서 솟구쳤고, 번개와 같은 빛이 주변을 뒤덮었다. 무엇보다도 '소리'에 대한 묘사가 주목할 만하다. 에제키엘은 그것이 큰 물결이 부딪히는 소리, 혹은 군대가 행진하는 소리 같았다고 남겼다. 이는 단순히 불타는 환영이 아니라, 마치 엔진 소음 같은 기계적 울림을 연상시킨다.

"만약 그가 실제 비행체를 본 것이라면, 당시의 언어로는 그렇게밖에 표현할 수 없었을 거야."

연구원의 말에 동료는 고개를 끄덕이며 메모를 이어갔다.

그 수레 위에는 기묘한 존재들이 있었다. 에제키엘은 그것들을 '네 생물'이라 불렀다. 각각의 얼굴은 인간, 사자, 황소, 독수리의 형상을 하고 있었으며, 불빛 속에서 자유롭게 움직였다. 이는 단순한 상징적 묘사일 수도 있지만, 현대인의 눈으로 보면 다양한 모습의 헬멧이나 장비를 착용한 존재로도 읽힌다. 연구원은 벽에 걸린 삽화를 가리키며 말했다.

"여기 이 부분을 봐. 여러 얼굴을 가진 존재라니, 혹시 장비나 가면을 쓴 외계인을 본 건 아닐까."

동료는 잠시 망설이다가 대답했다.

"그럴 수도 있지. 하지만 그 시대 사람들에게는 신이자 천사로 보였을 거야. 결국 우리가 지금 UFO라 부르는 걸, 그들은 신으로 기록했을지도 몰라."

흥미로운 점은, 에제키엘이 본 수레가 단순히 하늘에 떠 있었던 것이 아니라 땅에 내려왔다는 것이다. 그의 기록에는 그 수레가 불길을 내뿜으며 강가에 착륙했다고 묘사되어 있다. 불빛은 주변을 환하게 밝히고, 땅은 흔들렸으며, 공기마저 뜨겁게 달궈졌다고 한다. 이는 현대 로켓이나 비행체가 착륙할 때 나타나는 현상과 놀라울 정도로 유사하다.

"불타는 수레가 하늘에서 내려왔다는 건 단순히 비유가 아니야. 그는 진짜 착륙 장면을 본 거지."

연구원의 말에 동료는 흥분한 듯 손을 흔들며 대답했다.

"맞아. 게다가 불빛과 열기까지 기록한 걸 보면, 이건 확실히 단순한 환상이라고 하기엔 너무 구체적이야."

수세기가 지나면서 이 기록은 종교적으로 해석되었다. 많은 이들은 그것을 신의 전차라고 불렀고, 천상의 존재가 지상을 방문한 증거라고 믿었다. 하지만 다른 이들은 이 기록이야말로 인류가 외계 문명과 접촉한 최초의 문헌적 증거라고 주장한다. '바퀴 속의 바퀴', '불길과 빛', '소리와 열기'는 모두 기술적 장치로 설명할 수 있다는 것이다. 이 논쟁은 지금까지도 끝나지 않고 있다.

발굴 현장에서 연구원들은 이런 이야기를 나누며 오래된 문서를 번역했다.

"이 기록을 보면, 마치 엔진과 금속의 빛깔을 설명하는 것 같아."

한 연구원이 말했다. 동료는 웃으며 덧붙였다.

"수천 년 전에 그런 걸 상상할 수 있었다는 게 더 신기하지 않아? 그건 실제로 본 게 아니면 불가능했을 거야."

그들의 대화는 곧 침묵으로 이어졌다. 왜냐하면 그들도 속으로는 같은 결론에 다다르고 있었기 때문이다. 에제키엘이 본 불타는 수레가 단순한 환상이 아니었을지도 모른다는 결론에 가까워지고 있었기 때문이다.

02
구약에 기록된 하늘에서 내려온 빛

　구약성서에는 여러 차례 '하늘에서 내려온 빛'이 등장한다. 단순히 태양이나 달빛이 아닌, 갑작스럽게 하늘을 찢고 내려와 사람들을 압도하는 강렬한 빛이다. 출애굽기의 모세 이야기를 떠올려 보면, 시내산에 내려온 빛은 번개와도 같았고, 산 전체를 불길로 감싸며 사람들을 떨게 만들었다. 단순한 자연 현상으로 보기엔 너무 극적이고 강렬했으며, 때로는 특정한 인물에게만 집중적으로 비추는 장면이 있었다. 이런 묘사는 오늘날 사람들이 UFO를 목격하며 이야기하는 '집중 광선'과 닮아 있다는 해석을 낳는다.

　사막의 발굴 현장에서 연구원들이 낡은 양피지를 번역하며 이야기를 나누었다. 한 사람이 손가락으로 줄을 짚으며 말했다.

　"여기 봐. 이 부분에서 '하늘의 빛이 모세를 덮었다'고 기록되어 있잖아. 그냥 번개라면 왜 특정 인물에게만 내렸다고 했을까."

다른 연구원은 미간을 좁히며 고개를 끄덕였다.

맞아. 여기 묘사된 건 단순한 천둥 번개가 아니야. '빛이 내려와 얼굴이 광채로 가득했다'는 구절은 뭔가 다른 경험을 의미해. 마치 위에서 무언가가 그를 조사한 것 같잖아."

두 사람의 대화는 오래된 기록을 새로운 눈으로 바라보게 만들었다.

또 다른 구약의 장면에서도 비슷한 묘사가 나온다. 야곱이 꿈에서 하늘로 이어진 사다리를 보았을 때, 그 꼭대기에서는 눈부신 빛이 내려와 있었다. 천사들이 그 빛을 타고 오르내리며 하늘과 땅을 잇는 장면은 단순한 신비한 환상이 아니라, 어떤 비행체와의 접촉을 상징하는 것처럼 느껴진다. 빛이 단순히 상징적인 의미였다면 왜 그렇게 세밀하게 묘사했을까. 더구나 그 빛은 단순한 발광체가 아니라, 방향성을 가지고 특정 장소에 내려왔다고 쓰여 있다. 이는 오늘날 우리가 흔히 UFO의 스포트라이트 현상이라 부르는 모습과 묘하게 겹친다.

"혹시 이런 기록이 실제로 하늘에서 내려온 기계 장치와 관련 있다면 어떨까."

연구원의 말에 다른 동료가 피식 웃으며 대답했다.

"그러면 모세와 야곱은 외계인과 직접 마주한 셈이겠네. 하지만 그 시대 사람들에게는 이해할 수 없는 빛과 형상이었을 테니 당연히 신으로 기록했겠지."

그들의 농담 섞인 대화 속에는 은근한 진지함이 스며 있었다. 기록이 지나치게 구체적이라는 사실이 계속 마음을 자극했기 때문이다.

빛은 단순히 내려오는 것으로 끝나지 않았다. 종종 그 빛은 '불길'이나 '구름'과 함께 묘사되었다. 이는 오늘날 로켓 추진체에서 발생하는 불꽃이나 연기를 연상시킨다. 출애굽기에서 하늘에서 내려온 빛은 구름 기둥과 불 기둥으로 묘사되며, 낮에는 구름이, 밤에는 불빛이 이스라엘 백성을 인도했다. 연구원들은 이 장면을 두고 격렬히 토론했다. 한 명이 물었다.

"구름과 불이 동시에 나타난다니, 이건 명백히 추진 장치 같은데. 혹시 이스라엘 백성들이 실제로 하늘에서 내려온 비행체의 흔적을 본 게 아닐까."

다른 연구원은 손을 흔들며 반박했다.

"아니야. 그건 단순히 상징일 수도 있어. 하지만 만약 사실이라면, 고대의 행렬은 외계 문명이 이끄는 빛의 인도 속에 있었던 거지."

구약에 기록된 빛의 등장은 단순히 사람을 놀라게 하는 것 이상이었다. 때로는 그 빛이 특정한 메시지를 전달하거나, 선택된 사람을 구별하는 수단으로 쓰였다. 모세가 시내산에서 빛을 본 뒤 얼굴이 변해 다른 이들과 구분되었던 것처럼, 빛은 특정한 신호나 표식처럼 작용했다. 이는 오늘날 일부 UFO 목격담에서 '빛에 노출된 사람만 이상한 체험을 했다'는 사례와 놀랍도록 닮아 있다.

발굴 현장에서 다시 연구원들이 기록을 읽었다.

"여기서 말하는 빛은 단순한 은유일까, 아니면 정말로 하늘에서 내려온 기술적 현상을 본 걸까."

한 연구원이 물었다. 동료는 잠시 침묵하다가 대답했다.

"우리가 지금 UFO라고 부르는 것, 그 흔적이 이미 구약에 남아 있었던 건 아닐까."

그들의 목소리는 흥분과 두려움 사이를 오갔고, 오래된 양피지 위에 새겨진 글자들은 마치 여전히 살아 움직이며 빛을 내는 듯 보였다.

03

중세 그림에 등장한 기묘한 원반

 중세 유럽의 교회와 수도원에는 지금까지도 사람들을 놀라게 하는 그림들이 남아 있다. 성화 속 성모 마리아와 아기 예수, 혹은 성인들의 주변에 등장하는 알 수 없는 둥근 물체들이다. 단순한 장식으로 보기에 그 형상은 지나치게 구체적이고, 때로는 그림 속 인물들이 그 물체를 바라보거나 손으로 가리키고 있어 시선을 자연스럽게 유도한다. 둥근 원반은 빛을 발하거나 구름을 헤치고 나타나며, 어떤 경우에는 뚜렷한 광선을 뿜어내기도 한다. 수 세기 전 화가들이 그린 붓놀음 뒤에 도대체 무엇이 숨어 있었을까.

 피렌체의 한 수도원 벽화 앞에 선 연구원들이 이 문제를 두고 열띤 토론을 벌였다. 한 연구원이 그림 속 성모 옆의 작은 세부 묘사를 가리키며 말했다.

"여기 봐. 하늘 모퉁이에 둥근 원반이 그려져 있어. 단순히 해라고 보기에는 너무 또렷하지 않아?"

다른 연구원이 고개를 끄덕이며 대답했다.

"맞아. 게다가 그 원반에서 빛줄기가 내려오고 있어. 사람들 표정도 그 빛을 의식하는 것처럼 보이네."

그들의 목소리에는 단순한 학문적 호기심을 넘어, 수백 년 전 누군가가 본 진짜 장면을 확인하는 듯한 흥분이 섞여 있었다.

중세 그림 속 원반은 단순히 장식적인 요소가 아니었다. 예를 들어 독일 알토도르프 교회에 남은 한 그림에서는 예수 탄생 장면 위쪽에 둥근 물체가 떠 있고, 그 안에서 빛이 사방으로 퍼져나가고 있었다. 그림 속 목동은 놀란 듯 하늘을 쳐다보며 손으로 그 빛을 가리키고 있었고, 그의 옆에 있던 개마저도 하늘을 향해 짖는 모습으로 그려졌다. 단순히 종교적 상징이라면 왜 이렇게 디테일하게 인물들의 반응까지 넣었을까. 이는 단순한 신의 상징이라기보다는 실제 경험을 토대로 남긴 기록일 가능성을 높인다.

연구원 중 한 명이 벽화를 손전등으로 비추며 낮은 목소리로 말했다.

"이 정도면 단순한 태양이나 별은 아니야. 원반 모양이 분명하고, 그 안에서 빛이 나온다고 되어 있잖아."

다른 연구원이 어깨를 으쓱하며 웃음을 지었다.

"만약 이게 진짜 목격담이라면, 중세 사람들은 외계인을 본 거야. 하지만 이해할 수 없으니 신의 기적이라 생각하고 그림에 남긴 거지."

그러자 첫 번째 연구원이 단호하게 말했다.

"그래도 이렇게 반복적으로 나타나는 건 우연이 아니야. 분명히 그 시대에 뭔가 있었던 거야."

프랑스 리옹의 한 성당에서도 비슷한 그림이 발견되었다. 성모가 하늘을 향해 기도하는 장면 뒤편, 둥근 원반에서 세 갈래의 빛줄기가 땅으로 뻗어 내려왔다. 특히 주목할 만한 점은 그 빛이 무작위로 퍼진 것이 아니라 특정 인물들에게만 닿아 있다는 점이었다. 이는 구약에서 묘사된 '선택받은 자에게만 내린 빛'과 묘하게 겹쳐지며, 현대 UFO 목격담에서 자주 등장하는 집중 광선과도 닮아 있었다.

"혹시 이 빛은 단순히 신의 은총이 아니라 실제 기술적 장치였을지도 몰라."

연구원의 말에 다른 이가 조심스럽게 대답했다.

"그러면 중세인들이 본 건 신이 아니라 비행체였다는 거네. 하지만 그들에게는 신과 다를 바 없었겠지."

두 사람의 대화는 오래된 성화 앞에서 묘한 울림을 남겼다. 사람들은 수백 년 전에도 하늘을 올려다보며 자신들이 이해할 수 없는 빛과 형상을 마주했고, 그것을 그림 속에 남겼던 것이다.

중세 그림 속 원반은 유럽 전역에서 반복적으로 등장했다. 이탈리아, 독일, 프랑스뿐 아니라 동유럽의 작은 수도원에서도 유사한 사례가 보고되었다. 서로 다른 지역의 화가들이 같은 상징을 사용했다는 건 단순한 우연으로 보기 어렵다. 오히려 그 시대 사람들 사이에 '하늘에서 내려온 기묘한 물체'에 대한 공통된 기억이나 경험이 있었음을 암시한다.

연구원들은 마지막으로 결론을 내리지 못한 채 벽화 앞을 떠났다.

"우리가 보는 건 단순한 그림일 뿐일까, 아니면 수백 년 전 하늘의 방문자가 남긴 흔적일까."

한 연구원의 물음은 공기 속에 흩어졌다. 다른 이는 대답 대신 그림 속 원반을 오래도록 바라보다가 조용히 속삭였다.

"아마 진실은 이 벽 속에 여전히 숨겨져 있을 거야."

교회 문서 속 신비로운 하늘의 불빛

 중세 교회의 기록은 단순히 종교적 신앙을 전하는 글을 넘어 당시 사람들의 일상과 사건을 생생하게 담아낸 자료였다. 그 문서 속에는 오늘날에도 의문을 불러일으키는 묘사들이 숨어 있었다. 성직자들이 남긴 연대기에는 '하늘에서 내려온 불빛' '밤하늘을 가르며 이동한 불덩이' 같은 기록이 종종 등장했다. 이 불빛은 번개처럼 짧게 스쳐 지나가는 것이 아니라 때로는 수 분 이상 하늘에 머물렀다고 적혀 있었다. 게다가 그 빛이 땅을 향해 내려와 특정 장소를 비추기도 했다는 내용은 단순한 기상 현상만으로는 설명하기 어려웠다.

 영국의 한 수도원에서 발견된 문서에는 이런 구절이 남아 있었다.

 "밤하늘이 두 갈래로 갈라지고 그 사이로 눈부신 빛이 내려왔다. 빛은 교회의 첨탑 위에 머물며 오래도록 사라지지 않았다."

이를 읽은 한 연구원이 동료에게 중얼거렸다.

"이건 단순히 별똥별이나 오로라로 보이진 않아. '머물렀다'는 표현이 핵심이야."

동료는 고개를 끄덕이며 대답했다.

"맞아. 별똥별은 흘러내리고, 번개는 찰나에 사라지지. 그런데 이건 하늘에 떠 있었다는 거잖아. 누군가가 그 빛을 조종한 것 같아."

두 사람은 문서를 읽으며 서로 눈빛을 교환했다.

프랑스 남부의 교회 문서에도 유사한 기록이 있었다. 12세기의 수도사 기욤은 이렇게 남겼다.

"밤에 하늘이 불타는 듯 붉게 빛났고, 그 빛은 세 개의 기둥처럼 갈라져 마을 위로 내려왔다. 사람들은 무릎 꿇고 기도했지만 빛은 오랫동안 그 자리에 있었다."

이 구절을 두고 학자들은 오로라 현상이라고 주장하기도 하지만, 당시 기록에 '세 갈래로 갈라진 빛이 마을을 비췄다'는 점에서 의문이 생긴다. 기상 현상과 달리 특정 지역에만 집중된 빛, 그리고 긴 지속 시간은 오늘날의 UFO 목격담과도 놀라울 정도로 닮아 있었다.

이탈리아의 한 사본을 연구하던 학자들은 흥미로운 주석을 발견했다.

"하늘에서 내려온 불빛이 대지를 훑고 지나갔다. 사람들은 그것을 천사의 불꽃이라 불렀다."

이를 읽은 한 연구원이 말했다.

"만약 그들이 본 게 천사가 아니라 하늘에서 내려온 비행체였다면? 기록자가 신앙심 때문에 그렇게 표현했을지도 몰라."

옆에 있던 동료는 미소를 지으며 대답했다.

"맞아. 당시 사람들은 이해할 수 없는 것을 모두 신과 연결했지. 하지만 우리가 지금 보면, 그건 분명히 기술적인 현상처럼 보여."

특히 주목할 만한 문서 중 하나는 14세기 독일에서 작성된 교회 연대기였다. 이 기록은 놀라울 정도로 상세했다.

"밤하늘에 원형의 빛들이 나타나 서로 교차하며 움직였다. 그 빛은 마치 전쟁을 벌이듯 하늘에서 충돌하였고, 몇 시간 뒤에야 사라졌다."

단순한 불빛이 아니라 움직임과 충돌까지 묘사했다는 점에서, 이는 단순한 자연현상이라 보기 어렵다. 이 기록을 본 연구원은 탄성을 내뱉었다.

"이건 거의 오늘날의 공중전 묘사 같아. 별똥별이 서로 부딪힌다고 표현하지는 않잖아."

다른 연구원이 덧붙였다.

"게다가 몇 시간 동안 이어졌다고? 정말 기묘하네."

교회 문서는 성스러운 사건을 기록하기 위해 작성된 경우가 많았지만, 이처럼 이해할 수 없는 불빛과 하늘의 현상을 함께 적어 두었다. 기록자들은 그것을 신의 기적, 천사의 방문, 혹은 종말의 징조로 해석했을 것이다. 그러나 현대의 눈으로 보면 이 현상은 설명되지 않는 UFO 현상과 놀랍도록 유사하다.

마지막으로 연구원들은 오래된 문서를 덮으며 잠시 침묵에 잠겼다.

"그 시절 사람들은 하늘에서 내려온 빛을 두려워했겠지. 하지만 우리 눈에는 그게 오히려 증거처럼 보여."

한 연구원이 중얼거리자, 다른 이는 조용히 말했다.

"결국 역사가 남긴 기록 속에는 당시 사람들이 본 진실의 조각이 숨어 있는 거야. 그리고 우리는 지금 그것을 다시 마주하고 있는 거지."

오래된 양피지 위에 남겨진 글자들은 수백 년의 시간을 넘어 지금도 여전히 빛을 발하고 있었다.

05
기사들이 목격한 하늘의 행렬

 중세 유럽은 전쟁과 신앙, 기근과 기적이 얽혀 있던 시대였다. 사람들은 매일같이 하늘을 올려다보며 징조를 읽으려 했고, 기사들은 싸움터에서 신의 도움을 간절히 구했다. 그런데 바로 그들의 기록 속에는 이상한 장면이 남아 있었다. 전쟁터와 성채 위에서 기사들이 본 것은 단순한 별빛이나 천둥번개가 아니었다. 그들은 하늘에 줄지어 움직이는 불빛의 행렬을 목격했다고 남겼다. 그것은 마치 군대가 질서정연하게 행진하듯 하늘을 가로질렀고, 때로는 땅 위 전투의 결과를 바꾸는 듯한 힘을 가진 존재처럼 묘사되었다.

 영국의 한 전투 기록에 따르면, 하늘에 수많은 불빛이 나타나 일직선으로 움직였다고 한다. 당시 기사들은 이를 '천상의 기사단'이라 불렀다. 한 연구원이 이 기록을 읽으며 속삭였다.

"군대처럼 줄지어 이동한 불빛이라니, 단순한 자연현상으로 보긴 힘들어."

옆에 있던 동료가 흥분한 목소리로 대답했다.

"맞아. 별똥별은 흩어지고 유성우도 무질서하게 떨어지지. 그런데 이건 질서 있게 움직였다고 했어. 누군가가 조종한 것처럼 말이지."

13세기 프랑스에서도 비슷한 기록이 남아 있다. 어느 성의 연대기에는 '하늘에서 은빛 갑옷을 입은 기사들이 말을 타고 이동하는 듯한 모습이 보였다'고 적혀 있다. 기록자는 두려움에 떨며 이 장면을 묘사했지만, 동시에 사람들은 그 현상을 신의 군대가 자신들을 보호하는 징조로 받아들였다. 그러나 현대의 눈으로 보면 이 장면은 하늘에서 일정한 간격을 두고 이동하는 발광체, 즉 오늘날 UFO 편대 비행과 닮아 있다. 한 연구원은 이 기록을 가리키며 말했다.

"은빛 갑옷이라… 아마도 반짝이는 금속 표면을 본 건 아닐까. 당시 사람들은 그것을 기사로 착각했겠지."

동료가 고개를 끄덕이며 덧붙였다.

"그렇다면 빛나는 수레나 기사라는 표현도 결국 설명할 길 없는 비행체였다는 거네."

독일 북부에서 열린 전투에 관한 문서에는 더욱 구체적인 묘사가 남아 있었다.

"어둠이 내린 뒤, 하늘에 불빛들이 나타나 일정한 간격으로 줄을 지어 서 있었다. 그들은 한동안 움직이지 않다가 서서히 이동하여 수평선을 넘어 사라졌다."

이 구절은 오늘날에도 자주 인용된다. 움직이지 않다가 동시에 이동했다는 점은 별이나 유성이 아니라 의도를 가진 무언가로 느껴진다. 당시 기사들은 이 현상을 보고 적군이 두려움에 휩싸여 전투를 포기했다고 기록했다. 한 연구원이 감탄하며 말했다.

"하늘의 불빛이 전쟁의 결과를 바꾸다니, 정말 영화 같은 장면이야."

동료는 낮은 목소리로 대답했다.

"어쩌면 그건 진짜 군대였는지도 몰라. 다만 그 군대는 인간이 아닌, 하늘에서 내려온 존재들이었겠지."

또 다른 이야기는 이탈리아의 한 수도원 문서에서 전해진다. 기사들이 전투 준비를 하던 중, 하늘에 불빛이 켜졌다. 빛은 마치 횃불을 든 군대가 이동하듯 천천히 움직였다. 사람들은 놀라움에 무릎을 꿇었고, 기사들은 그 빛이 자신들을 이끌어 승리로 인도한다고 믿었다. 연구원 한 명은 이 구절을 읽으며 웃음을 지었다.

"이건 거의 신의 신호처럼 받아들였네. 하지만 지금 보면 단순히 '빛나는 편대 비행'이라고 할 수 있지."

그러자 다른 연구원이 반박했다.

"단순히 하늘의 불빛으로 치부하기에는 너무나 구체적이야. 편대, 이동, 멈춤까지. 당시 기사들의 눈에 그건 분명히 군대였어."

하늘에 나타난 행렬은 기사들의 정신세계에 깊은 흔적을 남겼다. 그들은 이를 신앙으로 해석했지만, 오늘날 우리는 그 안에서 외계인의 개입을 상상하게 된다. 질서정연한 행렬, 일정한 간격, 전투 결과에 영향을 주는 듯한 등장은 우연이라기엔 기묘하다. 연구원들은 토론을 이어갔다. '혹시 그들이 전투를 지켜보며 개입하기도 했을까.'라는 질문에, 다른 이는 잠시 침묵하다가 대답했다.

"만약 그렇다면, 인류의 역사는 우리가 아는 것과 전혀 다른 방식으로 쓰였을지 몰라."

06
종교적 기적일까 외계인의 방문일까

중세 유럽의 사람들에게 하늘은 신이 다스리는 영역이었다. 교회의 종소리가 하루의 시작과 끝을 알리고, 성경 속 문구가 삶의 기준이 되었으며, 모든 자연 현상은 곧 신의 뜻이라 여겨졌다. 하지만 당시 남겨진 기록들을 깊이 들여다보면, 단순히 신의 기적으로만 설명하기엔 기묘한 장면들이 반복된다. 하늘에서 내려온 빛, 성당 지붕 위에 머물던 둥근 물체, 그리고 집단적으로 목격된 하늘의 행렬. 이런 기록들을 오늘날의 눈으로 바라보면, 신의 기적이 아니라 외계인의 방문을 암시하는 것처럼 보인다.

한 수도원의 연대기에는 예배 중 창문을 뚫고 들어온 깅렬한 빛이 기록되어 있다. 그 빛은 예배당 중앙에 원을 그리며 움직이다가 잠시 멈추고, 마치 사람들을 살펴보듯 회중석을 비추었다. 신자들은 무릎을 꿇고 '천사의 강림'이라 외쳤지만, 빛은 곧 다시 창문을 뚫고 하늘로 솟구쳤다고 적혀 있다.

"이건 천사가 내려왔다기엔 너무 기계적인 움직임이잖아."

한 연구원이 중얼거리자, 옆의 동료가 맞장구쳤다.

"원을 그리며 움직이고, 멈췄다가 다시 올라간다니, 거의 오늘날의 착륙과 이륙 같아."

두 사람은 서로를 바라보며 묘한 미소를 지었다.

프랑스의 한 수도원 일지에도 유사한 기록이 남아 있다. 깊은 밤, 수도사들이 기도를 드리던 순간 갑자기 성당 지붕이 빛으로 덮였다. 그들은 밖으로 뛰쳐나갔고, 그곳에서 둥근 빛의 구체가 떠 있는 것을 목격했다. 수도사들은 눈부심에 압도되어 기적이라 외쳤지만, 일부는 두려움에 떨며 숨어버렸다고 적혀 있다. 연구원 한 명이 그 대목을 가리키며 말했다.

"이 묘사는 오늘날의 UFO 목격담과 똑같아. 둥근 빛, 정지 비행, 갑작스러운 이탈."

다른 연구원이 대답했다.

"그렇다면 우리가 지금까지 신앙의 기록이라 믿어온 것들은 사실 하늘에서 내려온 방문자들의 흔적일 수도 있지."

이탈리아 북부의 한 작은 마을에서는 마을 광장에서 집단 목격담이 남아 있다. 연대기에 따르면, 주민들은 모두 동시에 '두 개의 태양이 떠올랐다.'라고 기록했다. 하지만 자세히 묘사된 내용은 실제 태양이 아니라, 두 개의 둥근 빛의 물체였다. 하나는 남쪽으로 움직이다가 사라졌고, 다른 하나는 서쪽 하늘에 정지해 있었다. 사람들은 신의 분노이자 경고라 해석했지만, 지금의 시선으로 보면 이는 두 대의 비행체가 하늘에서 조종되던 장면처럼 보인다.

"태양은 결코 움직이지 않아. 그런데 둥근 물체가 움직이고 사라졌다니, 이건 완전히 다른 얘기지."

한 연구원이 강조하자, 동료기 고개를 끄덕이며 속삭였다.

"그렇다면 그건 신의 기적이 아니라, 외계인의 과시였는지도 몰라."

이런 장면들은 단순히 문헌에만 남아 있지 않다. 당시 그려진 벽화와 삽화에도 수상한 원반들이 등장한다. 성모 마리아를 묘사한 중세 그림 배경 하늘에 원반 같은 물체가 빛줄기를 내뿜고 있고, 십자가의 장면에서도 정체 모를 둥근 물체가 하늘 구석에 배치되어 있다. 화가는 단순히 상징으로 그렸다고 해석되기도 하지만, 일부 연구원들은 '당시 사람들이 실제로 본 것을 옮긴 것일 수 있다.'라고 주장한다. 그림 속 원반들은 구름이나 해와 달과는 전혀 다른 형태를 하고 있었기 때문이다.

스페인의 한 수도회 문서에는 집단적인 하늘의 행렬 목격담이 적혀 있다. 기사들이 전쟁터로 향하던 중 갑자기 하늘이 갈라지며 수많은 빛의 점들이 줄지어 이동했다고 한다. 병사들은 이를 '천상의 군대'라 불렀지만, 묘사된 모습은 마치 편대를 이룬 비행체의 행렬처럼 읽힌다. 연구원들이 이 문서를 두고 토론했다.

"천상의 군대라는 표현은 상징일까, 아니면 실제로 본 걸 신앙의 언어로 옮긴 걸까."

다른 이가 대답했다.

"그들은 군대를 봤지만, 하늘에서 내려온 건 신의 병사가 아니라 다른 세계에서 온 존재였을지도 몰라."

이 모든 기록에서 중요한 것은, 사람들의 해석이 종교적 기적에 머물러 있다는 점이다. 중세 사회에서 하늘에서 내려온 빛과 기묘한 현상은 신의 경고, 천사의 강림, 성모의 기적으로 기록될 수밖에 없었다. 그러나 오늘날의 시선으로 보면 그것은 기적이라기보다 불가사의한 기술적 장면이다. 정지 비행, 급격한 방향 전환, 강렬한 광채와 원형 구조. 이는 우리가 UFO 현상에서 반복적으로 보고 듣는 특징과 놀라울 정도로 닮아 있다.

연구원들 사이에서도 의견은 갈린다. 한 사람은 단호히 말했다.

"신앙의 언어로 기록된 것일 뿐, 외계와 연결 짓는 건 과도한 상상력이야."

그러나 다른 이는 반박했다.

"과도한 상상력일까, 아니면 오히려 우리가 놓치고 있는 진실일까. 고대인들이 본 것은 기적이 아니라 방문자였을 수도 있잖아."

회의실은 잠시 침묵에 잠겼고, 창밖으로는 마치 수백 년 전 수도원 창문을 뚫고 들어온 빛을 연상케 하는 햇살이 비쳤다.

결국 질문은 여전히 남는다. 성서와 중세 문헌 속 기묘한 기록들은 정말 신의 기적이었을까. 아니면 인간이 감당하기 어려웠던 하늘의 방문을 신앙의 언어로 덮어씌운 것일까. 답은 나오지 않았지만, 이 수수께끼는 오늘날까지 이어져 내려오며 우리에게 묻는다. 신과 외계인, 과연 두 세계는 서로 다른 것일까, 아니면 같은 존재를 가리키는 다른 이름일 뿐일까.

07

믿음과 미스터리 사이에 남은 흔적

 중세 유럽의 기록을 들여다보면 하늘에서 내려온 빛과 기묘한 물체에 관한 증언들이 곳곳에 숨어 있다. 사람들은 그것을 '기적'이라고 불렀지만, 오늘날의 눈으로 읽으면 미스터리한 현상으로 해석될 여지가 많다. 성당의 연대기에는 갑작스러운 빛줄기, 성직자의 일기에 적힌 하늘의 불꽃, 전쟁터 병사들이 본 하늘의 물체가 반복해서 등장한다. 믿음과 두려움이 강하게 자리했던 시대였기에 이 모든 현상은 신앙의 언어로 포장되었지만, 그 속에는 설명하기 어려운 흔적이 남아 있다.

 이탈리아의 한 작은 성당 기록에는 이렇게 적혀 있다. '예배 중 하늘이 열리고, 빛의 구체가 내려와 제단을 감쌌다. 사람들은 모두 눈을 감고 무릎 꿇었으며, 빛은 그들을 잠시 덮고 다시 하늘로 돌아갔다.' 당시 사람들은 성스러운 경험이라 했지만, 오늘날 우리는 '빛의 구체'라는 단어에서 곧바로 UFO를 떠올린다. 학자들은 이 구체가 단순한 신비 체험인지, 혹은 실제로 목격된 비행체의 흔적인지 여전히 논쟁한다.

독일 남부의 한 연대기에는 전쟁터 위에 나타난 '하늘의 검은 원반'에 대한 기록이 남아 있다. 병사들은 이 장면을 신의 징조로 받아들였고, 곧 이어진 패배를 하늘의 뜻이라 여겼다. 그러나 그림을 통해 전해진 묘사는 단순히 신화적 언어가 아니었다. 둥근 원반이 전장을 가로지르며 움직였고, 그 아래로 빛줄기가 쏟아져 나왔다고 한다. 한 연구원이 그 부분을 가리키며 말했다.

"검은 원반이라니, 당시 기술로 설명할 수 없는 물체야."

다른 이가 대답했다.

"그들은 신의 무기라 여겼지만, 지금 보면 외계에서 온 존재가 개입한 흔적일 수도 있지."

중세 교회의 문서에는 더욱 기묘한 기록이 있다. 특정 축일에 맞춰 나타난 빛의 행렬, 신성한 노래처럼 울려 퍼졌다고 묘사된 하늘의 진동, 갑작스러운 구름 틈에서 쏟아진 불빛. 사람들은 이를 모두 기적으로 해석했지만, 과연 그 모든 현상이 단순히 종교적 체험일 뿐이었을까. 예를 들어 한 수도사가 남긴 기록에는 '빛나는 구체가 하늘에서 내려와 마을 위를 맴돌았다. 사람들은 성모의 현현이라 외쳤으나, 구체는 곧 빛을 발하며 사라졌다.'라는 대목이 있다. 이 글을 읽은 연구원들은 긴 침묵에 빠졌.

한 연구원이 속삭였다.

"저건 분명 목격담이야. 단순한 신화가 아니라 실제로 본 것을 남긴 거지."

또 다른 연구원이 고개를 저으며 말했다.

"맞아. 하지만 그걸 외계와 연결하는 순간 우리는 신앙과 역사를 모두 흔들게 돼."

두 사람의 대화는 믿음과 미스터리 사이에 서 있는 수많은 이들의 고민을 그대로 드러냈다. 그들에게 빛은 곧 신이었지만, 우리에게는 그것이 외계 문명의 기술처럼 보인다.

프랑스에서는 심지어 교황청 기록에도 수상한 사건이 남아 있다. 어느 교황이 미사를 집전하던 중, 갑자기 하늘에 둥근 빛이 나타나 성당 안을 가득 채웠다고 한다. 신자들은 놀라움 속에 무릎을 꿇었고, 교황은 이것을 '신의 현현'으로 선언했다. 그러나 그 빛은 잠시 머물렀다가 소리 없이 사라졌다. 당시의 사람들은 경외감에 압도되었지만, 오늘의 우리는 그 장면을 UFO 목격담의 전형으로 읽는다. 빛의 도래, 체류, 그리고 흔적 없는 사라짐. 이 패턴은 현대의 목격담과 놀랍도록 닮아 있다.

중세 화가들이 남긴 그림 속에서도 그 흔적은 이어진다. 성모 마리아가 아기를 안고 있는 장면 위, 배경 하늘에는 둥근 원반 같은 물체가 빛줄기를 내뿜고 있다. 화가는 그것을 단순히 신성함의 상징으로 남겼을 수도 있다. 그러나 어떤 연구원은 단호히 말했다.

"상징으로만 보기엔 너무 구체적이야. 원반 모양, 빛의 방향, 인물들이 하늘을 올려다보는 모습까지. 이는 실제 경험의 반영일 가능성이 높아."

이렇듯 성서와 중세의 기록 속에 남은 흔적은 믿음과 미스터리의 경계 위에서 아슬아슬하게 서 있다. 신앙은 사람들에게 삶의 힘과 위안을 주었지만, 그 기록을 새로운 눈으로 읽는 우리는 그 속에서 외계인의 흔적을 발견하려 한다. 어느 쪽이든 확실한 증거는 없고, 그저 수수께끼만이 남아 있을 뿐이다. 그러나 중요한 것은 사람들이 실제로 경험한 그 장면들이 지금까지도 생생히 전해지고 있다는 사실이다.

마지막으로 한 연구원이 조용히 말했다.

"혹시 신과 외계인은 같은 존재였던 건 아닐까. 당시 사람들은 이해할 수 없어서 신이라 불렀고, 우리는 이해할 수 없어서 외계인이라 부르는 거지."

이 말은 방 안의 모든 사람을 잠시 침묵하게 했다. 창문 너머로 비치는 햇살은 수백 년 전 성당을 덮었던 빛의 기억처럼 느껴졌다. 믿음과 미스터리 사이, 아직 풀리지 않은 그 흔적은 오늘도 여전히 우리에게 질문을 던지고 있다.

08
지금도 이어지는 성서 속 UFO의 수수께끼

 오늘날에도 성서 속 UFO에 관한 해석은 끊임없이 이어지고 있다. 교회 예배에서 읽히는 구절, 성서학자가 분석하는 문장, 그리고 평범한 독자들이 떠올리는 상상 속에서 '하늘에서 내려온 수수께끼'는 새로운 해석을 낳는다. 어떤 사람들은 그것을 기적이라 하고, 또 다른 사람들은 그것을 외계의 방문이라고 말한다. 성경의 시대에서 지금까지, 그 불가사의한 빛과 형상은 인류의 기억 속에 결코 사라지지 않았다.

 특히 '에제키엘의 환상'은 오늘날까지도 가장 자주 인용되는 사례이다. 그는 하늘에서 네 개의 바퀴가 교차하며 빛나는 수레를 보았다고 기록했는데, 수레의 바퀴마다 눈 같은 점들이 가득했다고 묘사했다. 교회에서는 이 장면을 상징적인 신비로 해석했지만, 현대 UFO 연구원들은 그 기술적 묘사에 주목했다. '눈처럼 보이는 '점'은 창문일 수 있고, '회전하는 바퀴'는 추진 장치일 수 있다는 것이다. 이 장면은 시대와 시각에 따라 전혀 다른 얼굴을 드러낸다.

성서 속 '빛'에 대한 기록도 여전히 수많은 질문을 불러일으킨다. 이스라엘 백성이 광야를 걸을 때, 낮에는 구름 기둥이, 밤에는 불기둥이 그들을 인도했다는 구절이 대표적이다. 당대 사람들은 그것을 하나님의 보호라 여겼다. 그러나 오늘날 몇몇 연구원들은 그것을 '비행체의 빛'으로 해석한다. 구름 속에 숨어 낮에는 그림자를 드리우고, 밤에는 빛을 발해 길을 비춰준 존재라면, 이는 단순한 은유가 아닐 수도 있다는 것이다. 어느 날 연구원들 사이의 토론에서 이런 대화가 오갔다.

"불기둥은 단순히 불의 상징이야."

"그렇다면 왜 구름과 불이 동시에 등장하지? 마치 장치가 낮에는 은폐 기능을 쓰고, 밤에는 조명 기능을 쓰는 것 같아."

그 말에 방 안이 잠시 고요해졌다.

예수의 삶 속에서도 하늘에서 내려온 빛의 장면은 반복된다. 세례를 받을 때 하늘이 열리고, 빛이 내려와 그의 머리 위에 머물렀다는 구절이 있다. 부활 후 승천 장면에서도 하늘에서 강렬한 빛이 내려오며 사람들은 두려움과 경이로움 속에 무릎을 꿇었다. 신앙의 세계에서는 이를 성령의 현현이라 해석하지만, 미스터리를 좇는 사람들은 '하늘에서 내려온 손님'의 개입으로 본다.

중세 이후에도 이 논쟁은 멈추지 않았다. 수도사들이 남긴 문서와 성당의 기록에는 여전히 '하늘에서 내려온 불빛'이 등장한다. 이 기록은 단순한 은유라기보다 실제 경험담의 흔적처럼 보인다. 어떤 수도사는 일기에 이렇게 적었다. '밤중에 하늘에서 둥근 빛이 내려와 성벽을 감싸 안았다. 사람들은 모두 성모의 은총이라 했지만, 그 빛은 소리도 없이 사라졌다.' 이 구절을 읽은 연구원이 혼잣말처럼 말했다.

"이건 오늘날 UFO 목격담과 너무 닮아 있잖아."

현대에 들어와서도 성서 속 UFO 수수께끼는 사람들의 상상력에 불을 붙였다. 과학자들은 이를 상징의 언어라 설명하지만, 다큐멘터리와 소설 속에서는 외계인의 방문으로 재해석된다. 신앙인들에게는 여전히 신의 기적이고, 연구원들에게는 미스터리한 사건이다. 심지어 어떤 종교 단체는 외계인 자체를 신의 사자라고 주장하기도 한다. 그들에게 성서는 단순한 종교 문서가 아니라, 고대인들이 남긴 '하늘 방문자들의 기록'이다.

이야기의 끝은 여전히 열려 있다. 성서와 중세 기록 속 UFO는 단순히 오래된 문서에만 머물지 않는다. 오늘날에도 사람들은 여전히 밤하늘을 바라보며 같은 질문을 던진다.

"저기 있는 빛은 단순한 별일까, 아니면 우리를 지켜보는 존재일까."

믿음과 미스터리의 경계에서 그 질문은 끊임없이 반복된다.

마지막으로 한 연구원이 이런 말을 남겼다.

"신앙은 우리에게 위안을 주지만, 미스터리는 끝없는 호기심을 불러일으켜. 어쩌면 이 둘은 같은 길을 다른 방식으로 걷고 있는 게 아닐까."

그 말은 오래된 기록처럼, 오늘을 사는 우리의 가슴 속에도 깊이 새겨졌다. 성서 속 UFO의 수수께끼는 지금도 여전히 우리 곁에서 살아 숨 쉬고 있다.

하늘에서 내려온 신들의 수수께끼
UFO 신비로운 사건들

초판 1쇄 발행 2025년 10월 25일

지은이 미홀
펴낸이 백광석
펴낸곳 다온길

출판등록 2018년 10월 23일 제2018-000064호
전자우편 baik73@gmail.com

ISBN 979-11-6508-654-1 (03810)

이 책은 저작권법에 따라 보호받는 저작물이므로 무단 전재와 무단 복제를 금시하며, 이 책 내용의 전부 또는 일부를 이용하려면 반드시 저작권자와 다온길의 서면동의를 받아야 합니다.

잘못 만들어진 책은 구입하신 서점에서 교환해 드립니다.
책값은 뒤표지에 있습니다.